KB054464

그러니까, 우리
갈라파고스 세대

바라던 어른은 아니어도
제법 견고한 고유종이 된
너와 나의 이야기

그러니까, 우리

갈라파고스 세대

이묵돌 지음

생각정거장

갈라파고스 세대

90년대에는 많은 일들이 있었다. 성수대교와 삼풍백화점이 무너지고, 금융실명제가 시행되고, 외환위기로 많은 회사가 도산하고, 엘지트윈스와 한화이글스가 마지막 우승을 차지하는가 하면 '리니지'와 '바람의 나라'가 출시되면서 바야흐로 온라인 게임의 시대가 막을 올렸고, 그리고…… 우리들이 태어났다.

우리는 대략 이십 몇 년 전에 나타나서 어느덧 성인이 됐다. 다만 이제 와보니 "이다음에 커서 어른이 되면 다 이해할 수 있을 거야"라는 말은 대부분 뻥이었던 것 같다. 여전히 부모님의 마음은커녕 내 또래 친구들조차 이해되지 않을 때가 많으니까. 우리들은 같은 세대로 태어났으나 다른 세계에서 살아가고 있다. 90년생들이 가진 단면은 너무 다양하다. 일일이 쪼개서 분류하려다간 강철로 된 톱도 남아나지 않을 것이다.

- - -

베이비붐 세대, 486세대, X세대, 88만원 세대 같은 '어쩌고 저쩌고 세대' 식의 구분이 유행한지도 꽤 시간이 지났다. 사람 열 명이 있으면 꼭 열 개의 방식이 있는 것이 인생이겠지만, 세대 구분에서만큼은 어떤 형태로든 특별한 일관성 또는 경향성을 기준 삼을 수밖에 없다. 그래서인지 90년대에 태어난 지금의 20대 청년들을 이른바 '세대적 담론'에 끼워 넣는 일은 무척 어려운 일이었다. 예의 다면성으로 말미암아 '90년생은 대개 이렇다'고 말할 수 있는 근거부터가 드물었기 때문이다.

이런 맥락에서, 《90년생이 온다》라는 책이 기성세대에 의해 출간되고 많은 관심을 받은 일은 우리에게 상당한 의미를 지닌 사건이었다. 생각해보면 90년대에 태어난 사람끼리는 '우리는 대충 이런 세대지' 하는 거대한 공감대나 자기객관화 시도가 거의 없었다. 기껏해야 부모나 선배, 후배들에게 내가 얼마나 덜 한심하게 보이겠느냐 하는 고민에 지나지 않았다. 어쩌면 《90년생이 온다》가 나타나 연간 베스트셀러 목록

그러니까, 우리 갈라파고스 세대

에 오르내린 것은, 90년대에 태어나 어른이 된 지금의 청춘들이 사회에 자리 잡아 있던 여러 세대로부터 '엄연한 이해관계자'로 인정받았다는 데 그 의의가 있다. 맨 처음 저자의 의도가 어땠든 간에 말이다.

한편 개인적으로는 '아무래도 너무 큰 오해를 산 것 같은데……' 하는 생각도 들었다. 왜냐하면, 굳이 분류했을 때《90년생이 온다》는 실용서의 범주에 속했기 때문이다. 주요 타깃은 '같은 조직 내에 90년생 직원이 속해 있는 기성세대'고, 목적은 '본격적으로 사회에 진입하기 시작한 90년생들을 어떻게 하면 효율적으로 다룰 수 있는가' 하는 인사이트를 제공하는 것쯤 됐다.

그러니까, 새로 등장한 세대에 대한 순수한 호기심 또는 흥미, 아니면 일종의 사회현상으로 이해하고자 하는 시도는 아니었다. 애당초 '초중고를 별 탈 없이 졸업한 다음 약 8할의 비율로 대학에 진학해 학위를 따내고 얼마쯤의 취준생 생활을 거쳐 사회초년생으로서의 첫발을 내디디며 그동안 직장에 다니고 있던 기성세대를 곤란케 하는 청년들'이 90년생 전체의 특성을 아우른다 할 정도의 대표집단은 아니니까.[1]

요컨대 90년생들에 대한 세대적 담론이라는 건 이제 막 첫걸음마를 뗐을 뿐이고, 그마저 우리 세대가 가진 무수히 많은 일면 중에서도 자그마한 편린에 불과하다. 이미 말했다시피 90년생은 심지어 같은 90년생들에게도 까다롭고 성가신 존재다(읽으면서 차츰 알게 되겠지만, 정말 그렇다). 90년대 초반과 후반에 출생한 이들 사이에서도 무시 못할 간극이 있다. 더구나 우리라고 '비슷한 세대의 다른 세계'들을 돌아볼 만한 여유가 있었던 것도 아니다.

• • •

이쯤에서 털어놓자면, 솔직히 어디까지를 '우리 세대'라 말해야 할지도 혼란스럽다. 90년대에 태어나면 다 우리 세대인가? 정규분포 그래프의 양극단에 위치한 엘리트와 사회취약계층, 노량진-신림에서 공무원 시험을 준비하는 청년과 홍대 길거리에서 배회하는 예술가들, 나아가 문득 등장한 다문화가정의 자녀나 TCKThird Culture Kids까지를 모두 우리 세대라고 묶어 부를 수 있는가? 오늘날 대한민국 국적을 가진 90년생 모두를 관통할 수 있는, 어떤 공통된 정신이라는 게 과연 존재

1 Part마다 등장하는 이력서나 대화내역들 역시 간접적 허구를 바탕으로 창작된 것이며, 특정 세대를 대표하는 사례가 아니라는 점을 미리 밝혀둔다.

나 한단 말인가?

···

갈라파고스Galápagos는 중남미 에콰도르 영해에 위치한 군도群島다. 언뜻 별 볼일 없어 보이는 열아홉 개의 섬들은 찰스 다윈이 진화론에 관한 기초조사를 한 장소로 널리 알려져 있다. 이 유인즉 각각의 섬들이 대륙과 격리된 환경적 특성을 가졌고, 그 덕분에 독자적인 진화를 이룬 고유종이 많았기 때문이다.

'갈라파고스 증후군Galápagos Syndrome'은 이 같은 배경으로 등장한 신조어다. 사전에는 '기술이나 서비스 등이 국제 표준에 맞추지 못하고 독자적인 형태로 발전하여 세계 시장으로부터 고립되는 현상을 일컫는 말(위키백과 한국어판)'이라 정의돼 있다. 주로 일본을 위시한 내수중심의 시장경제체제를 가리키는 용도로 쓰던 말인데, 최근에는 경제학을 넘어 여러 사회현상이나 시사이슈에도 사용되고 있는 추세다.

갈라파고스 세대Galápagos Generation라는 제목은 '모두가 다른 성질을 갖고 있다면, 다르다는 것 자체가 그 세대를 정의하는 특징이 될 수 있지 않을까' 하는 발상에서 나왔다. 정의할 수 없다면 정의할 수 없다는 것이 곧 공식이 되는 것처럼. 하이덴

베르크의 불확정성원리가 그랬듯 말이다. 하기야 '외딴 섬 세대'나 '요절복통 지리멸렬 세대'보다는 어감도 한결 낫다.

하여간 정말이지 우리는 다각적인 관점과 이해가 필요한 세대고, 그렇게 생겨먹은 시대에 태어나버렸다. 90년대에 태어난 사람들이 하나같이 특별해서, 기존에 있던 그 어떤 세대들보다 비극적인 운명을 타고나서 그런 건 아니다. 도리어 반대다. 내가 이 글을 통해 말하고자 하는 게 있다면, 우리 세대역시 다른 세대들과 정확히 똑같은 사람이라는 사실 하나다. 각자의 방식으로 슬프고, 외롭고, 아프고, 상처받는 사람 말이다. 단지 처해 있던 상황이며 환경이 조금씩 달랐을 따름이다.

갈라파고스 세대가 과연 적절한 명칭일지, 또 뭇 90년생들에게 퍽 마음에 들긴 하겠는지, 나로선 알 도리가 없다. 그런일이야 내 뜻대로 되는 부분도 아니거니와 이 책을 쓴 이유와도 거리가 멀다. 제목을 이렇게 지은 이유는 단순히 제목이 필요했기 때문이다. 안타깝게도 우리가 사는 세상이란, 막돼먹은 글 뭉텅이 하나 내놓는 데도 거창한 제목이 꼭 붙어 있어야하는 모양이니까. 일개 작가 나부랭이로는 어쩔 수 없는 측면이다.

또 나는 당신이 이 책의 느닷없는 제목을 보고 어떤 내용을 상상했을지나 앞으로의 내용이 몇몇 독자들의 심기를 불편하게 하진 않을지 같은 요소는 전혀 신경 쓰고 싶지 않다. 글을 쓰는 이유는 목적보단 바람이니까. 난 그저 이 책이 우리 젊은 이들이 가진 외로움이며 슬픔 같은 것들이 이해받는 데 아주 조금의 도움이라도 될 수 있기를, 누구보다 간절히 바라는 마음으로 한 글자 한 글자 써내려가도록 한다.

CONTENTS

PART ———— 1

이유도 없이 우린 섬으로 가네

이 력 서

김유진 Eugine kim 金裕鎭 **1990.05.06**

📞 010-1234-5678

@ euginei90@never.com 📷 instagram.com/euginei24

📍 경기도 인천시 서구 마전로 123 303호

학력사항 최종학력 : ○○대학교 (4년) 졸업

재학기간	학교명 및 전공	학점	구분
2012~2015	○○전문대학교 조리과	3.5	졸업
2007~2010	○○공업고등학교	-	졸업

활동사항

기간	활동 내용	활동구분	기관 및 장소
2010~2012	카운터 계산업무 및 매장관리	계약직	GX24 난곡점
2015~2020	홀서빙 및 매장관리	계약직	아웃○ 스테이크하우스 난향점

어학

언어	시험	점수	기관
영어	TOEIC	700	ETS

자격증

취득일	자격증 / 면허증	등급	발행처
2013	자동차 운전면허증	2종 보통	서울지방경찰청장

가족사항

관계	성명	연령	직업	직위
부	김상철	사망	-	-
모	이효영	51	주부	-
남매	김영진	25	대학생 (졸업예정)	-

위에 기재한 사항은 사실과 틀림이 없습니다.

2020년 2월 20일 성 명 : 김유진 (인)

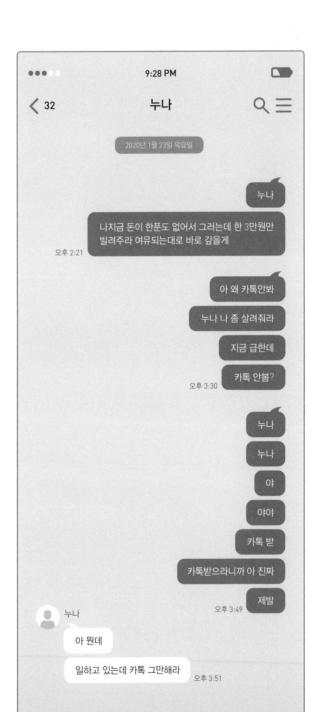

누나

2020년 1월 23일 목요일

누나

나지금 돈이 한푼도 없어서 그러는데 한 3만원만 빌려주라 여유되는대로 바로 갚을게

오후 2:21

아 왜 카톡안봐

누나 나 좀 살려줘라

지금 급한데

카톡 안봄?

오후 3:30

누나

누나

야

야야

카톡 받

카톡받으라니까 아 진짜

제발

오후 3:49

누나

아 뭔데

일하고 있는데 카톡 그만해라

오후 3:51

아 누나

위에 카톡 좀 보라고 진짜

답답해죽겠네

오후 3:51

누나

너는 왜 항상 돈이 없냐? 알바비 받은거 다 어디 썼는데?

오후 3:55

지갑 잃어버려서 그럼 함만 더 도와주라

오후 3:56

누나

또 잃어버렸다고?

오후 4:00

○○;;

오후 4:00

누나

아 짜증나네 니 지난주에 빌린 것도 안 갚았잖아 나한테

나도 조만간 일그만두고 해서 여유없는데

오후 4:13

나보단 낫잖아 그래도

오후 4:15

누나

지금 주면 언제 갚을 건데?

오후 4:16

월말에 세뱃돈 받으면 그걸로 줄게 진짜 약속함

오후 4:17

누나

이야 아직도 세뱃돈 받을 생각을 다 하네

어지간히 속썩인다 너도

오후 4:21

아 안줄거면 안준다고 말을하든가

오후 4:23

누나

방금 보냈다

오후 4:30

오 오만원보냈네

ㄱㅅ

오후 4:36

누나

감사는 됐고 빨리 갚기나 해 다 합쳐서 십만원이다

그리고 졸업 코앞인데 학점은 좀 올렸냐

엄마가 걱정 많이 하니까 잘해라 사고치지 말고

오후 4:39

2020년 1월 24일 금요일

누나

너 언제오냐

오전 9:31

누나

시골 안 내려갈거야???

오후 1:00

누나

야

오후 5:36

섬 Island

바야흐로 현대사회다. 지방에 계신 부모님은 말할 것도 없고, 지구 반대편에 있는 사람들과도 실시간으로 영상통화를 주고받을 수 있는 시대가 됐다. 정보화시대나 지구촌 같은 말은 교과서에서도 보기 힘들어졌다. 좀 전에 내가 보낸 메시지가 단 일 초도 안 되는 찰나 상대방에게 전달되는 일이란, 대한민국 국적의 성인에게 투표권이 있다거나 날개 달린 고철덩어리에 몸을 싣는 것으로 만 하루도 안 돼 지구 반대편에 도달할 수 있다든지 하는 사실처럼 지극히 당연한 현상이 돼버린 모양이다. 언제 어디에서 무엇을 하고 있든 간에 인터넷에 연결만 가능하다면, 사람 사이의 의사소통에서 불가능한 일이란 아무것도 없어 보인다.

한편 현재의 사회초년생들, 90년대에 태어난 젊은이들은 소싯적의 성장 과정으로부터 지금에 이르기까지 정보통신서비스 발전의 최대 수혜자로서 받아들여지는 경향이 있다. 예를 들면 이런 식이다.

"우리 때는 스마트폰 같은 게 어딨어? 어디 약속 한 번 하면 알음알음 찾아가서 만나야 했는데. 그렇게 보면 너희들은 얼마나 편하게 사는 거니?"

"나 학교 다니던 시절에는 공부를 하고 싶어도 못하는 애들이 동네에 몇 트럭은 됐다니까. 요즘엔 동영상 강의라는 것도 있지, 학습하는 어플도 있지, 공부하기 너무 편한 세상 아니야? 그런데도 왜 공부를 안 하나 몰라. 어휴, 내가 답답해서……."

"전화 한 번 하는 게 뭐가 그렇게 어렵다고 연락을 안 해? 전에 내가 볼 땐 하루 종일 휴대폰만 만지작대고 있더니만. 옛날처럼 손으로 편지를 써서 보내라는 것도 아니잖아?"

……이외에도 어른들이 90년생에게 퍼붓는 레퍼토리는 무수히 많지만, 굳이 통일된 소재를 찾아 요약하자면 '우리에 비하면 너희는 인생 참 편하게 산다'는 얘기의 연장이다.

솔직히 맞는 말이다. 인터넷은 인류의 역사를 바꿨다고 할 만큼 편리한 통신수단이다. 우리 세대의 성장 과정에는 급속

그러니까, 우리 갈라파고스 세대

도로 성장하는 통신기술이라는 것이 거의 항상 친구처럼 곁에 있었으며, 손편지나 쪽지 같은 걸 쓰는 것보단 문자 또는 카카오톡 메시지 작성에 훨씬 능숙하게끔 자랐다. 동네 마실은 인스타그램과 페이스북으로 대신하고, 뭔가 축하할 일이 생겼을 땐 화환 말고 조금 긴 메시지나 기프티콘을 보내곤 한다.

따지고 들면 어디 통신기술뿐이겠는가? 작금의 스마트폰은 말할 것도 없고, 그 이전의 전자사전이며 PMP, MP3, 노트북 같은 문명의 이기들 역시 마찬가지였다. 부모님 세대만 해도 상상조차 할 수 없었을 수준의 재화들을 당연한 것처럼 누리고 활용하며 살아왔다. 그건 명백한 사실이기도 하거니와 앞으로도 똑같이 일어날 일이다. 어느 날 갑자기 우발적 핵전쟁이 일어나서 인류의 문명수준이 석기시대로 되돌아간다거나, 〈아마겟돈〉 또는 〈딥 임팩트〉에 나오는 것처럼 무지막지한 크기의 운석이 지구와 충돌해 제2의 대멸종 사태가 일어나지 않는 한 말이다.

인정할 건 인정해야 한다. 우리는 기성세대에 비해 무진장 편하게 살았다. 하필 90년대에 태어난 것이 우리 잘못도 아니고[1]

---

1 이건 굳이 따지자면 부모님 세대의 잘못일 것이다. 그렇지 않은가?

딱히 다른 선택지가 있었던 것도 아니지만, 아무튼 그런 혜택을 누려왔다는 것에 감사할 수는 있어야 한다. 갈등을 해소하는 첫마디는 늘 '하긴 그건 그렇긴 해'라는 쪽이지, '방금 뭐라고? 그러는 너는……'이 아니니까.

그러나 예의 정보통신 서비스 발전의 최대 수혜자라는 인식에는 다소간 오해가 있다. 물리적인 편의의 발달이 늘 정신적 편안함으로 이어지진 않기 때문이다. 많은 사람들이 오해하는 부분이다. 덜 불편하고 더 편리한 삶이 곧 더 행복한 삶이라 착각하는 것 말이다.

요컨대 지금의 젊은이들이 부모님 세대와 비교해 더 편하게 살고 있다는 건 백번 말해 천 번도 맞는 말이지만, 그래서 '더 행복하게 살고 있다'는 건 대부분의 경우 사실이 아니다. 애당초 행복이라는 것이 '초콜릿 한 조각=3해피', '내 집 마련=4,000해피'처럼 명료한 수치로 나타낼 수도 없고, 개인이 처한 상황이나 사고방식에 따라 얼마든지 뒤바뀔 수 있는 개념이다. 소싯적 할아버지가 식혜 수정과 잡수셨던 반면 우리 세대가 콜라, 사이다 마신다고 해서 더 행복하다고 말할 순 없는 노릇 아닐까.

더구나 사람과 사람 사이의 관계란 고작 기술의 발전만으로 어쩔 수 없는 차원에 있다. 수기에서 타자기로, 키보드에서 휴대폰 문자로 나아가는 과정 속에 사람은 더 고독한 존재가 됐다. 셀 수 없이 많은 정보와 문자들 사이에 둘러싸였으나 진심 어린 것과 그렇지 않은 것을 구분하는 일은 예전보다 훨씬 복잡다단하다.

이런 면에서 90년생들은 통신기술 발달의 수혜자면서 동시에 피해자기도 하다. 엉겁결에 텍스트가 아날로그에 그치던 시대에 태어나서, 디지털과 그 너머로까지 변화해가는 과도기를 함께 겪었다. 한때 우리에게도 종이에 글을 쓰던 시절이 있었다. 그렇게밖에 할 수 없다고 믿었는데, 어느 순간부터 모든 게 뒤바뀐 것이다. 아예 경험한 적 없었다면 슬프지도 않았을 것을. 지금의 젊은이들은 아주 자그마한 아날로그에도 크게 감명받고는 한다. 얼굴도 모르는 사람과 펜팔을 주고받고, 최대 입력 글자수가 제한된 문자메시지에 중요하고 필요한 말들만 욱여넣던 시절을 그리워한다. 적어도 그땐 그런 것들이 진심이라 믿을 수 있었으니까.

· · ·

통할 통通에 믿을 신信자를 써서 통신通信이라고 한다. 이 말인즉 내가 어떤 의도나 메시지를 담아 전하든 간에 '실제로 통했는지, 통하지 않았는지'의 여부는 전달받는 당사자가 아닌 이상 알 수 없으며, 그저 혼자서 통했다고 믿을 뿐이라는 것이다. '이쯤하면 알아들었겠지', '이렇게까지 했는데 이해해주겠지', '어련히 눈치 챘겠지' 같은 생각이나 하면서. 마음 한쪽으로는 정말로 상대방이 나와 내 말을 이해했는지, 혹은 이해하지 못했으면서 대충 알아듣는 척했거나 뒤에 가서 조롱거리로까지 삼진 않을지 하고 노심초사하면서 말이다.

누군가의 생일이나 연말연시 또는 연휴에 맞춰 보내는 카톡이며 생글생글 웃는 표정의 이모티콘까지⋯⋯ 소통은 편리해졌지만 정작 통했다고 믿는 건 어려워졌다. 고마워, 사랑해, 나중에 꼭 술 한 잔 하자 같은 메시지 한 건 보내는 게 너무 쉬운 일처럼 돼버려서, 덥석 믿었다가 상처받는 것보단 하나하나 의심하면서 고독해지는 쪽을 선택한다.

그래서 90년대에 태어나 사회에 진입하기 시작한 오늘날의 젊은 세대는 완전히 다른 방식으로 불행하다. 부모님 세대와 다르게 이들의 불행은 불편과 결핍이 아닌 지나친 편의와 과잉으로부터 오기 때문이다.

11:03 PM

< 109

은지91

2020년 2월 19일 수요일

은지91

유지니 왜케 시간이 없냐ㅠㅠ 언제 나랑 같이 놀아줄거야??ㅠㅠㅠ

맨날 나중에 보자고만하고...일도 그만두고 백수라면서 왜이렇게 바쁜척하냐구 😩

오후 8:24

은지91

아

솔직히 너 진짜 말 재수없게 하는거알아?

내가 너랑 놀아주려고 있는 사람도 아닌데

오후 8:36

은지91

?엥

갑자기 왜그래...?

오후 8:39

아니 지금 니가 한 말에 문제의식을 못느껴?

오후 8:40

 은지91

모르겠어 난 그냥

같이 놀자고 시간좀 내달라는 얘기였는데

오후 8:45

얘기는 할 수 있는데 선은 넘지말아야지.

아무리 친구라도 할말이 있고 못할 말이 있는데

오후 8:46

 은지91

니가 그렇게 받아들일줄 몰랐어 진짜야

오후 8:50

됐어 너랑 더 말하기 싫어

뭐가 문젠지도 모르는 사람이랑 뭔 얘길 더해

오후 8:51

 은지91

하.. 뭔 말을 못하겠네 진짜

오후 9:00

오후 9:03

됐다고

이 선 넘으면 침범이야 (삑)

90년생 아티스트의 대명사가 된 아이유가 지난 2019년에 공개한 싱글 타이틀, 〈삐삐〉에는 다음과 같은 노랫말이 나온다.

Yellow C A R D

이 선 넘으면 침범이야 beep

매너는 여기까지 it's ma ma ma mine

Please keep the la la la line

Hello stuP I D

그 선 넘으면 정색이야 beep

Stop it 거리 유지해 cause we don't know know know know

Comma we don't owe owe owe owe

이 곡에 어떤 의도로 이런 가사를 썼는지, 또 어떤 메시지를 전달하고자 했는지는 작사한 당사자가 아닌 이상 정확히 알기 어렵다. 하지만 무엇 하나 살갑게 받아들이는 법 없는 요즘 젊은이들의 모습이 고스란히 담긴 듯한 느낌에 청년층 대부분이 공감했으며, 음원차트 1위에 올라 오랫동안 자리를 지키는 등 많은 호응을 이끌어낸 데에도 영향을 미쳤을 것이다.

부모님 세대 중 일부는 90년생으로 대표되는 요즘의 청년들을 '유달리 다른 세대와 소통이 안 되는 갑갑한 녀석들'쯤으로 받아들인다. 결론부터 말하자면 명백한 오해이자 편견이 아닐 수 없다. 최근의 10대, 20대들과 대화가 안 되는 건 같은 또래끼리도 마찬가지기 때문이다. 이건 마치 새들마다 울음소리를 내는 구조나 표현방식이 다 다른데도 가마우지와 항라머리검독수리가 서로 말이 잘 통할 거라 생각하는 것과 같다. 우리는 우리들끼리도 잘 대화가 안 통해서, 또래 세대를 한데 묶어 '우리'라고 표현하는 게 적절한지조차 긴가민가하다.[6]

세대와 성별을 불문하고, 요즘 시대의 젊은이들과 대화를 나누는 것은 불공평한 게임이다. 체스로 치면 내게 무슨 말이 있

6 쓰는 쪽 편의상 별 수 없이 사용하고 있긴 한데 여간 신경 쓰이는 게 아니다.

는지도, 어떤 로컬룰에 따라 행마가 이뤄지는지도 모르는 판국에 눈까지 가리고 승부를 보는 꼴이다. 잘 돼서 이기는 것은 고사하고 괜히 잘못 됐다가 미움 사는 일이나 없으면 다행이다. 나는 아무 생각 없이 말을 옮겼지만 상대로선 그 말이 자신이 정해둔 선을 넘은 것처럼 느껴지고, 그런 상황이 거듭되다 보면 '더 이상 이런 사람과는 뭘 할 수가 없다'며 자리를 떠버리기도 한다.

젊은 세대가 갖고 있는 '선'에는 명확한 기준도 없다. 위의 노래가사처럼 "내 선은 여기니까 가능한 넘지 않길 바라"라고 먼저 언질을 주지도 않는다. 그러면서 민감하기로는 제일이고, 어떻게든 관계를 회복해보고자 한 말은 그나마 남아 있던 연결고리도 싹둑 잘라버리게 만든다. 차라리 아무 말도 안 하고 있으면 안 되느냐고? 그래, 그렇게 생각할 수도 있다. 말하느니만 못할 바에야 좀 어색한 관계인 쪽이 훨씬 편할지 모른다. 하지만 또 어떤 젊음들은 당신의 침묵을 보고 '왜 아무 말도 하지 않지? 나를 상대하기 싫다는 건가? 내가 자기 수준에 맞지 않다고 느끼나? 내가 뭘 잘못하기라도 했나? 대체 나한테 왜 이러는 거지?' 같은 생각을 속으로 하고 있을지 모른다. 요즘 것들은 누군가의 침묵 그리고 무표정으로부터 수많은 감정들을 눈치채버린다.[7]

아, 그럼 뭐 어쩌라는 거지? 잔인무도한 희대의 흉악범이 아닌 이상에야 처음 보는 사람에게 노골적으로 상처를 입힐 의도로 말하거나 행동하는 사람은 거의 없을 것이다. 그날 처음 마주친 사람에게 아무 이유도 없이, 또 전후 맥락도 없이 참을 수 없는 악의를 가진다는 건 일부러 노력해도 쉽지 않은 일이다. 그런데도 뭇 젊은 사람들의 깜빡이 없는 대응은 같은 세대끼리도 불가해할 만큼 방어적이다. 언뜻 보기엔 자기가 발 딛고 있는 이 세상에 믿을 사람이라곤 한 명도 없으며, 그중 대다수가 선량한 나를 상처주고 싶어 안달이 났다고 착각하는 것 같다. 딴에는 생각해줘서 말했더니 그것도 상처고, 이 것저것 할 것 없이 전부 다 상처라면 어떻게 소통 같은 걸 할 수 있단 말인가? 그럴 거면 방구석에 처박혀서 혼자 지낼 것이……. 그래서 정말 방에 처박혀 나올 생각을 않는 소위 방구석 폐인, 은둔형 외톨이[8]라 불리는 젊은이들이 우후죽순 생겨났다. 이들이 갖고 있는 선이란 너무 뚜렷해서 가족조차 문

---

7 주로 자신에게 부정적인 감상이다.

8 사회생활을 극도로 멀리하고, 방이나 집 등의 특정 공간에서 나가지 못하거나 나가지 않는 사람, 그러한 현상 모두를 일컫는 일본의 신조어 '히키코모리히き籠もり'를 우리말로 다듬은 단어(위키백과). 경제활동을 할 수 있는 나이에도 불구하고 부모님에게 의지해 산다는 점을 비꼬아 '등골브레이커'라 일컫기도 한다.

그러니까, 우리 갈라파고스 세대

지방을 넘어 다가가기 어려운 수준이다.

우리 세대에 들어 은둔형 외톨이가 눈에 띄게 증가했다는 점은, 어떤 관점에선 독거노인 문제보다 더 골치 아픈 면이 있다. 어르신들이야 거동도 불편하고 주위에 마땅한 일자리도 없어서 그렇다 쳐도, 한창 젊고 건강한 청년들이 좁아터진 방구석에 틀어박혀 허송세월을 보낸다는 건 여러모로 납득되지 않기 때문이다.

이런 은둔형 외톨이의 증가 추세가 무서운 이유 중 하나는 무엇보다 일반 사회나 대중의 눈에 띄지 않는다는 점을 들 수 있다. 집 없고 궁핍한 사람들은 몇 명인지 셀 수라도 있는 반면에, 오늘날 은둔형 외톨이가 전체 인구 대비 몇 퍼센트나 차지하고 있는지는 확실하게 체크할 방법이 없다. 아니, 집은 둘째 치고 방에서도 안 나오는 양반들을 어떻게 센단 말인가? 설문조사 같은 일에 협조를 잘 해주는 족속들도 아니다 보니 통계청으로서도 다른 도리가 없는 것이다. 2020년 현재까지도 은둔형 외톨이와 관련된 공식적 인구통계는 발표되지 않았다.

더구나 이런 은둔형 외톨이는 타인과의 소통을 어려워하는 젊은 세대 중에서도 가장 극단적인 케이스에 속해 있으므로, 정상적인 사회생활을 영위하(고 있는 것처럼 보이)는 청년층 중에 대인관계에 실질적 어려움을 겪고 있는 비율이 얼마나 될지도 가늠하기 어렵다. 새로운 사람, 새로운 경험에 대한 기대나 반가움은 없이, 오직 내가 받을 상처에 대비해 '이 선만큼은 넘지 말아주길' 하고 지레 겁먹은 채 살아가는 이들이 어떤 표정과 말을 하며 사는지도 우리는 알 수 없다.

• • •

우리 세대가 가진 자아정체성 그리고 자존감은 외부에서 오는 아주 자그마한 충격에도 쉽게 바스러질 만큼 취약하다.[9] 이것은 앞서 이야기했듯 텍스트 의존도가 높은 간접적 언어 때문이기도 하고, 후술하겠지만 좀처럼 성취감이나 보람을 느끼기 힘들어져버린 시대상과 명시적 의미에 집착하는 사회풍조에도 지대한 영향을 받았다. 추진력 있고 자신감 있는 인생을 살았던 부모님으로부터 소심하고 자기방어적인 자식 세대가 태어나기도 하는 것은 생식 과정 속에 인간의 성격을 좌우

---

9 유리처럼 깨지기 쉽다고 해서 '유리 멘탈'이라는 단어가 등장했다. 또 크라운제과에서 출시한 과자 '쿠크다스'에 빗대 아예 멘탈을 '쿠크'라는 단어로 대체해버리는 경우도 있다(용례: 아 오늘 회사 가다 새로 산 바지에 얼룩 묻어서 쿠크 깨짐ㅠㅠ).

하는 DNA에 돌연변이가 일어나서라기 보단, 부모와 자식이
제각각 성장하며 경험한 시대가 달라서일지도 모른다.

꼭 그래서인지는 몰라도 지금의 젊은 세대들은 극도로 실
패를 두려워한다. 이 두려움이란 지나치게 강박적이기도 해
서, 중차대한 실패뿐 아니라 인간관계에서의 실망, 환멸, 기대
가 배반되고 상처를 입을 만한 모든 상황들로부터 자아를 보
존하고자 안간힘을 쓴다. 정신적인 성장 과정에서 필연적으
로 뒤따라오는 어리숙함, 찌질함, 한심함과 무능력함 같은 것
들에 그럴싸한 이유를 갖다 붙인다. 그런가 하면 타인에게 미
움 받거나 비도덕적인 사람이 되는 것도 견디지 못해 나중엔
말 한마디 먼저 건네는 데에도 무지막지한 용기가 필요하다
고 여긴다. 술 없이는 할 수 없는 얘기라 믿을 정도로.

이런 맥락에서 '선을 긋는다'는 건 실패할 가능성 자체를 회피
하려다가 생긴 비극적 면역체제다. 상처받지 않으려면 시작부
터 대화를 안 하면 된다. 사람에게 실망하지 않으려면 혼자 지
내면 된다. 시험에 떨어지지 않으려면 응시 자체를 안 하면 되
고, 이별해서 우울하지 않으려면 애초에 한계를 정해놓으면
된다. 그래서 최종적으로는 방에 처박힌다. 이불 밖은 위험하
다며 온종일 누워서 시간을 보낸다. 실패하고 좌절하지 않기
위해 선택하는 종착지다.

    매해 수능을 망친 수험생들, 그리고 대학에 적응하지 못한 초년생들이 스스로 세상을 등지는 것은, 나약한 나 자신이 견딜 수 없이 미워서라기 보단 죄송하고 미안해서 벌어진 일에 가깝다. 어쩌면 부모님 세대로부터 그토록 많은 기대와 혜택을 받아놓고도 한심한 자식으로 전락한 자신을 감당할 수 없었던 건지도 모르겠다. 소싯적 꿈꾸며 자라나던 우리에겐 값비싼 휴대폰, 학원, 과외, 전자사전과 고사양 독서실까지 거의 모든 것들이 허락됐지만 실패만큼은 좀체 허락되지 않았던 것이다.

2020년 1월 17일 월요일

엄마미

예쁜딸~~ 엄마가 유진이 많이 사랑하는거알지? 1년에 가족친척들 다모이는것두 흔치않은데 엄마가 내의도와는 다르게 유진이한테 너무 스트레스를 준거같아서~

오후 7:11

엄마미

그치만 너를 멀리 서울로 보내고나서 엄마두 걱정이, 참많단다~ 네가 스무살 성인이 되고 엄마마음이 뒤숭숭했던 것이 엊그제같은데 언제 이렇게 어른이 되었나싶어~^^

오후 7:14

엄마미

그래서 그냥 엄마는 노파심에 했던말이야 삼촌도 큰이모도 유진이가 걱정돼서 물어본거야 지금 만나는남자가 없는건 유진이 너의 선택을 존중하지만~ 엄마도 한때 젊을 때가 있었지만 여자나이 서른이 지나면 늙는게 눈깜짝할사이란다 한살이라도 빠를 때 결정을 내렸으면 했을뿐이야 엄마는~~저녁 잘챙겨먹고 다음에보자 사랑한다 딸

오후 7:17

📞 보이스톡

오후 8:13 📞 0:57

엄마미

니말 잘알겠다엄마는 앞으로 아무말 안하련다. 수고해라^^~~

오후 8:31

이제 퇴근했어.. 내일 연락할게

오후 10:41

2020년 2월 3일 월요일

 엄마미

전화하는게 뭐가 그리어렵다고 연락을 한 번안하니???엄마랑 완전히 연락끊고살거 니????

오전 12:26

나 새로 일 구하느라 바빠

오늘도 아침부터 면접보고왔고

연락 못한건 미안 핸드폰 볼틈이 잘없어 요즘

오후 1:19

 엄마미

영진이한테는 연락할 시간이 많나보네~~ 니맘 알겠다^^밥 잘챙겨먹고~

오후 1:30

📞 보이스톡

📵 응답 없음

오후 1:38

 엄마미

할말없다 엄마는~ 니가 알아서 잘하겠지^^

오후 1:40

엄마 진짜 미안해.. 좀있다 연락할게

오후 1:58

 엄마미

됐다~~이제와서 무슨말을 한다고?

오후 2:00

너무 긴 카톡은 읽기 무서워!

　카카오톡, 소위 '카톡'이라 불리는 애플리케이션 서비스가 남녀노소를 불문한 커뮤니케이션 플랫폼으로 발돋움한 지도 어느덧 십 년이 다 돼간다. 모바일 운영체제에 포함돼 있는 기본 메시지 툴이나 네이버에서 출시해 일본의 국민 서비스가 된 라인LINE, 영미권에서 주로 사용되는 왓츠앱WhatsApp은 물론 이거니와 페이스북이나 인스타그램 같은 소셜 미디어에서도 다이렉트 메시지Direct Message 기능을 제공하는 등 우리가 이용할 수 있는 메신저 서비스야 수도 없이 많다. 그럼에도 불구하고 카톡이 대한민국의 스마트폰 보급과 함께 지금껏 압도적인 메신저로서 자리매김했다는 것은 부정할 수 없는 사실이다. 지금에 와선 한때 문자메시지라고 불렀던 소통방식 자체가 카톡이라는 단어로 대체됐다는 기분도 든다. 누군가에게 디지털 텍스트를 전송하는 일을 통째로 '카톡을 보냈다'고 뭉뚱그리더라도 대화에는 큰 차질이 없기 때문이다.

그러나 여느 인간관계와 사람 사이의 커뮤니케이션이라는 것이 그렇듯이, 카톡을 주고받는 데에도 크고 작은 오해와 갈등 더 나아가선 견딜 수 없이 외롭고 고독하며 우울한 마음이 불쑥 일어나 불거지곤 한다. 이건 어떤 사람과 어떤 소재로 어떻게 이야기를 나누는지에 따라 갈리는 문제라고 볼 수도 있겠지만, 한편으로는 무진 커봐야 7인치 남짓한 화면에 텍스트를 띄워 대화해야 한다는 구조적 소재에도 책임이 있다.

뜬금없지만 다소 원론적인 이야기로 돌아가서 이야기해보자. 군집사회를 이뤄 생존하는 동물들에게는 필연적으로 개체 간 의사소통을 가능케 하는 기관 내지 언어가 있기 마련이다. 개미는 페로몬으로, 박쥐와 돌고래는 초음파로, 고양이는 하악질과 골골이로 소통하며, 우리들 사람으로 말할 것 같으면 성대에서 나오는 목소리나 손짓, 표정, 말투와 악센트에 일정한 체계를 만들어 언어로 활용하는 셈이다. 요는 문자Text를 통한 의사소통이라는 것이 이 같은 본질적 언어의 발전 과정 속에 등장한 하나의 부산물이라는 점이다.

아무리 근본이 없어도 그렇지, 그래도 글 쓴다는 놈이 글을 부산물이라고 이야기하는 게 어이없게 느껴질 수도 있다. 그러나 나라는 사람이 근본이 있느냐 없느냐 하는 문제와 다르게 이 말 자체는 명백한 사실이다. 글이라는 건 인간이 갖고 있는 무수히 많은 언어체계 가운데 하나에 지나지 않는다. 글을 몰라도 소통은 가능한 반면에 소통할 줄 모르는 사람이 글을 쓸 수 있을 리 만무하지 않은가.

애초에 문자라는 것의 근본을 따져보자면 '소통하고픈 대상에게 직접 가서 얼굴 보고 이야기하기 마땅치 않은 상황'을 어떻게든 극복해보고자 내놓은 대안적 방법에 불과하다. 만약 우리들 인류가 〈스타크래프트StarCraft〉에 나오는 프로토스처럼 하나의 종種 전체가 같은 정신체계를 공유하고 있었다거나, 〈드래곤볼〉의 초록색 외계인들같이 이마에 있는 더듬이로 원거리 텔레파시가 가능했다면 문자 같은 건 발명되지 않았거나 나왔더라도 지금 우리가 쓰고 있는 것만큼 복잡한 구조를 띠고 있지는 않았을 것이다.

통했다는 믿음은 확률의 영역일지언정 기정사실이 될 수 없다. 내가 가진 어떤 의사를 나 아닌 다른 개체에게 전달할 때는, 어떤 방식을 쓰는지와 관계없이 오해의 소지가 생긴다. 피를 나눈 가족들은 말할 것도 없고,[2] 십 수년지기 불알친구나 신뢰하는 동료들과도 늘 완벽하게 소통하기란 불가능하다. 특정한 시공간에 위치한 사람에게 정확히 어떤 욕구와 의지가 있는지는 본인조차 알기 어렵다. 아닌 게 아니라 그렇게 자기객관화가 잘 되는 사람이라면 이미 세상을 떠났거나 산속에 틀어박혀 속세를 등지고 살아가고 있을 확률이 높지 않을까? 나라면 그럴 것이다.

더구나 문자를 통한 의사소통이란 실제로 만나 대화하는 것에 비해 턱없이 요약된 정보만을 주고받을 수 있을 뿐이다. 제 아무리 글을 잘 쓰고, 편지를 기가 막히게 쓰는 사람이라고 해도 직접 말할 때 드러나는 표정, 눈빛, 제스처와 뉘앙스 그리고 대화 전반에 걸친 무드까지 완전하게 전달하기란 불가능하다.

글로 표현했을 때보다 아름답거나 효과적인 감상이 없진 않을 것이고, 말하는 것보다 글로 써서 전달하는 게 편하게 느껴지는 사람도 있겠지만, 문자라는 언어 플랫폼이 태생적으로 가지고 있는 한계를 극복할 방법은 없다. 점과 선으로만 이뤄진 2차원 세계에선 맛있는 냄새나 햇살의 따스함 그리고 계속해서 흐르는 시간을 도저히 표현할 수 없는 것처럼 말이다.

---

2 서로 참고 있거나 별 관심이 없는 상황을 믿음이라 착각하는 경우.

···

80년대 후반이나 90년대에 태어난 젊은이들이 기성세대에게 '실제 마주앉아 대화하는 것에 서툴다'거나 '온라인에서의 모습과 오프라인에서 보이는 모습에 상당한 괴리감이 있다'는 인상을 주고 있는 데는 이런 언어적 차원의 한계가 있다. 이 세대는 사실상 디지털 언어가 없었던 시대로부터 태어나, 정보기술의 급격한 발달과 함께 성장 과정을 거쳐 어느덧 문자상 대화가 당연하고 익숙한 시대를 맞이해 살아가기 때문이다. 오랜만에 만난 친구와 몇 마디 나누기도 전에 휴대폰 화면을 쳐다보고, 눈앞에 있는 사람을 제쳐두고 도연히 먼 곳에 있는 사람과 늘 하던 대화나 주고받는 이유는 여기에 있는 셈이다.

타인이 자신에게 어떤 의미를 가진 사람인지 확실하게 알기 위해서는 오랜 시간에 거쳐 직접 경험해보는 수밖에 없다. 현재로서 가장 좋은 방법은 솔직담백한 대화를 가능한 자주 해보는 것이겠지만, 세상에 사람은 수십억 명에 달하는 한편 우리가 가진 수명은 한정적이고 불안정하기까지 하다. 그래서 그렇게 많은 사람들이 첫인상을 중요히 여기는 모양이다. 돈과 명예, 재력과 학력, 얼굴과 몸매처럼 피상적인 요소만을 보고 '이 사람은 이런 사람이구나' 하며 도매금으로 판단내리지 않고선 살아갈 수 없다. 영원히 알 수 없다는 사실을 받아들이는 것보다야 같은 것들이 명백하게 존재한다고 착각하는 편이 훨씬 단순명료하다. 몸이 불편한 노인을 돕거나 막대한 재산을 기부한 사람을 선으로, 몇 번씩 거짓말하고 도둑질한 사람을 악으로 규정하는 건 별 수 없는 일이기도 하거니와 편리하고 유용하다. 아무렴 카톡 한 줄로 사람을 다 판단해버리는 건 좀 너무하지만.

손바닥만한 디바이스 하나로 전 세계 사람들과 실시간으로 소통할 수 있는 시대에, 바쁜 시간을 쪼개 사람을 직접 만나고 대화하는 건 정말이지 번거로운 일이다. 집에서 도보 오 분도 안 되는 헬스장조차 안 가서 돈을 날리고, 바로 아래층에 있는 편의점에 들르는 것도 번거로워 배달을 시키는 사람이 얼마나 많으냐고. 다만 가장 번거로운 방법은 가장 정확한 방법이기도 하다.

방금 문장에 어느 정도 동의한다면, 가장 정확하지 않은 방법은 가장 번거롭지 않은 방법이라는 대우에도 제법 일리가 있을 듯하다. 가령 '사랑해' 세 글자짜리 메시지를 보내는 건 번거롭기는커녕 너무 쉬운 작업이다. 이게 얼마나 쉽냐면 완전히 취해 곯아떨어지기 직전의 사람들마저 별 무리 없이 할 수 있다. 평소에는 손발이 오그라들어 차마 할 수 없었던 말이어도 술에 취하면 까짓 거 못할 게 뭐 있냐는 생각이 들기 때문이다. 그래서일까? 누군가 다짜고짜 사랑한다는 메시지를 보내오면 '술에 취해서 보냈나?' 하는 생각이 제일 먼저 든다. 누군가에게 사랑받는다는 느낌보다는 위화감이 먼저 찾아온다.

결국 '사랑해'라는 카톡만으로는 '나는 진심으로 너를 사랑하고 있어'라는 의사표시를 완전하게 해낼 수 없는 것이다. 사랑이란 단순한 화학작용이지만 글자 따위로 다 전해질 만큼 간단하지는 않다. 사랑뿐 아니라 사람이 느끼는 수만 가지 감정들 전부가 그렇다. 스마트폰 화면에 출력되는 텍스트는 0과 1로 조합된 전자적 반응이다. 거기에서는 표독스런 눈빛도, 따스한 손길도, 희미한 살결의 떨림도 느낄 수 없다. 그런 문자로 내 모든 진심을 전달할 수 있으리라고 믿는 것이나, 세상에 그런 언어에밖에 익숙지 않은 청년들이 있다는 건 무척 슬픈 일이다.

요즘엔 호감이 있는 상대에게 고백하는 일, 마음이 떠난 사람과 이별하는 일 모두 카톡으로 하는 청년들도 상당수 있다. 한때 대학교에 입학한 새내기 여학생에게 문자로 집적대는 복학생들[3]이나, 여러 사람이 모여 있는 단체 카톡방에서 공개적으로 고백을 해 웃음거리가 되는 밈[4]이 온라인상에서 유행했을 정도다.[5] 인간관계가 길거나 짧은 문자 하나로 정리될 만큼 보잘것없어졌거나 뭐든 카톡으로 말하는 것이 편해졌기 때문만은 아니다. 어쩜 이런 일들은 웃기거나 어처구니없는 해프닝 정도가 아니라 여태껏 누적돼왔던 소통상의 문제가 하나둘 수면 위로 떠오른 것뿐일지도 모를 일이다. 늘 해왔던 카톡이 편해서가 아니라, 단순히 직접 대화하는 게 불편하고 두려워져서일지도 모른다.

이런 청년들에게 의사소통을 시도하는 방식은 지극히 기성적이다. 평소에 대화를 못 했으면 오랜만에 만나 술이나 한 잔 하며 알아가 보잔 식이다. 왁자지껄 시끄러운 포차에 단둘이 앉아, 어색하기 짝이 없는 자세로 소주 한 잔 따라주며 '자, 이제 마주 앉았으니 사람 대 사람으로서 허심탄회하게 말해봐라'는 것이다.

당혹스럽다. 다 자랄 때까지 쭉 수화만으로 소통해왔던 아이에게 문득 "넌 벙어리도 아닌데 왜 말을 제대로 못 하냐? 똑바로 말해봐" 다그치는 것과 비슷하다. 그 아이에게 잘못이란

게 있다면, 그저 스스로 말할 수 있다는 사실을 모르고 있었다는 것밖에 없다.

　두 발이 멀쩡한 아기 모두가 똑바로 걸을 수 있는 건 아니다. 모터보트가 있는 누구나 무인도를 탈출할 수 있는 것도 아니다. 그다지 먼 곳에 있지도 않은 우리는 한 달에 몇 번, 운 좋게 아주 쾌청한 날에만 햇빛에 손거울을 비춰 구조신호를 보내는 로빈슨 크루소 같다. 그 빛이, 휴대폰 화면 속에 있는 그 작은 불빛들이 나를 지긋지긋한 고독으로부터 구출해주기라도 하리라는 듯이.

4　밈Meme. 해외 커뮤니티 사이트에서 통용되는 단어로 우리나라로 치면 '짤' 정도가 된다. 의미상 큰 차이는 없으나 짤보다는 밈이 더 있어 보이는 어감이라 이걸 썼다.

5　'이제 누가 공지해주나'가 대표적인 케이스다. 조작된 것인지 실제 상황인지는 정확히 알 수 없지만, 온라인 커뮤니티를 이용하는 젊은 유저들로부터 공감 섞인 호응을 크게 얻은 바 있다.

●●●●●   12:30 PM

Instagram

euginei24   ···

eunseol95님 외 여러 명이 좋아합니다

euginei24 월화수목금금금... 요즘은 커피마실 여유도 없어.ㅠㅠ

#익선동 #익선동카페 #그때그시절 #명절증후군 #주말힐링

이것은 소리 없는 아우성

레트로 감성이 인기를 끌기 시작한 지도 몇 년이 더 지났다. 젊은 세대를 시작으로 널리 퍼진 '모던 보이', '모던 걸' 류의 개화기 패션은 가게 인테리어와 식문화에도 영향을 끼쳤다. 신사동 가로수길이나 경리단길, 신촌 홍대 등지같이 조금 북적인다는 동네에는 약속이나 한 것처럼 근현대풍 디자인의 간판과 내부 장식을 찾아볼 수 있을 지경이다. 철 지난 롤러장 콘셉트의 클럽이 생기고, 수십 년 전 단종됐던 소주와 라면 그리고 LP판까지 툭 튀어나와 대세의 흐름을 굳혔다. 얼추 비슷한 시대배경의 드라마가 몇 차례 성공을 거두었기로서니 유통기한이 너무 길지 않나 하는 생각도 든다.

소셜 미디어에서 한옥마을이 인기 데이트 코스로 부상한

건 거의 호랑이 담배피던 시절 얘기다. 인사동에서 북촌, 비교적 최근의 익선동까지, 젊은 세대가 아날로그 시대에 가진 환상이며 로망은 한때의 유행을 넘어 하나의 흐름으로 접어들었다.

곰곰이 생각해보면 웃긴 현상이다. 개화기라고 하면 할머니 할아버지대도 아닌 증조부 고조부 세대까지 거슬러 올라가야 겨우 '어유, 고종 그 양반도 참 안 됐더라니까' 하고 푸념해볼 수 있을 법한데…… 개항은 무슨 월남전이 사당역 전집 인기 메뉴인줄 아는 세대가 프로필 사진은 무슨 흥선대원군이랑 격일로 고무줄놀이하는 사이인 양 찍어놨으니, 내가 부모님 세대였다면 혀를 쯧쯧 차다가 못해 출생년도 기준 백년 이상 지난 과거에 대해 너무 아는 척하는 놈들을 처벌하는 법을 만들어달라고 관할지역 국회의원에게 편지를 썼을 것이다. 우리로 치면 한 오십 년쯤 지난 미래에 가서 〈돌아와요 부산항에〉, 〈천안 삼거리〉 같은 노래가 손주뻘 되는 세대들에게 유행하며 음원차트를 석권하고 있는 모습을 보는 것 아닐까. 상상만 해도 어이가 털리는 걸 보니 꼰대질에도 상대성이론이 적용되는 모양이다.

다만 유의할 점은 젊은 세대의 레트로 열풍이 전통이나 관습에 대한 진심 어린 존중으로부터 기인하지는 않았다는 부

그러니까, 우리 갈라파고스 세대

분이다. 수십 년 전 농경사회에서 느낄 수 있었던 이웃 간의 정, 재래식 뒷간과 유난히 따뜻한 아랫목 같은 것이 그리워서가 아니다. 상식적으로 생각해봐도 그렇다. 경험해본 적조차 없는 상황들을 진심으로 그리워할 수는 없는 노릇 아닌가?

그럼 대체 왜 이러는 걸까? 전통 기와집처럼 외관을 꾸민 민속주점에 가서 '왜 여기 술집 화장실에는 비데가 없냐'고 주인장에게 따지는 것은 당최 어떤 심리로부터 나오는 걸까? 청년층이 만들어내고, 영위하고, 또 지나쳐 보내는 유행들은 분야와 공간적 제한을 넘어 다채롭다. 그러나 그런 유행들은 반드시라고 해도 좋을 만큼 소비적인 경향을 띤다는 점에서, 이미 마련돼 있는 재화와 서비스를 소모하는 데 그친다는 점에서 공통된 분모를 가진다. 가뜩이나 없는 살림에 빚까지 내서 유럽여행을 가는가 하면 단칸방에 월세살이나 하는 주제에 5성급 호텔에서 소위 호캉스[10]를 보내고 왔다며 인증사진을 올리는 것, 그걸로도 모자라 최근에는 욜로YOLO[11]라는 기가 막힌 단어까지 내놓으면서 오히려 그렇게 살지 않는 사람들을 바보 취급하는 것까지도 이런 맥락에서 보면 도긴개긴이다.

[10] 호텔에서 보내는 바캉스를 줄인 말.

[11] You only live once.

이쯤해서 어떤 독자들은 '유행이라는 게 원래 그런 것 아닌가? 자기 돈 자기가 원하는 데 쓰겠다는 걸 왜 문제 삼나?' 하는 생각이 불현듯 떠오를 수도 있을 것이다. 맞는 말이다. 쌓아두기만 하는 돈은 별 의미도 없다. 이왕 있는 돈 실컷 써서 내수경제나 활성화시켜도 국익에 나름의 기여를 하는 셈이다. 단지 내 집 마련을 위해 부지런히 저축한다거나 하는, 최소 연 단위 이상의 인내심이 요구되는 노력들은 우리 세대에 들어 부쩍 보기 뜸해진 것 역시 사실이다.

참는다는 행위 자체의 본질을 한 꺼풀 벗겨보면, 대개 낙관적 미래에 대한 기대가 포함돼 있기 마련이다. 월세 부담이 이만저만이 아님에도 매달 꾸역꾸역 막아내는 것은 언젠가 내 명의의 집 또는 전세살이로 넘어갈 수 있을 거라고 믿기 때문이며, 당장의 손해를 감수해가면서 사업을 확장하는 것도 훗날 몇 배의 보상으로 되돌려받으리라는 예상을 했기 때문이다. 부모님 세대가 쓸 거 안 쓰고, 밥알 한 톨까지 싹싹 긁어먹으며 한 푼 두 푼 모을 수 있었던 것도 마찬가지다. 비록 지금은 고달플지언정, 그렇게 모아놓은 자산들이 미래의 자신과 태어나 자라갈 자식 세대에게 편의를 제공해줄 거라 생각했기 때문에 적금을 들고 빚을 내 건물을 샀다. 이렇게 보면, 요즘 것들이 생산성이라곤 하나도 없는 소비 지향적 유행에 목을 매는 이유가 무엇인지도 대강은 윤곽이 그려진다.

우리가 왜 참아야 한단 말인가? 왜? 무엇을 위해서? 별달리 나아지지도 않을 것이고 개선될 여지도 없으며 오히려 나날이 구려지기만 할 게 뻔해 보이는 미래를 위해? 기준금리는 1퍼센트대에 접어든 지 한참은 지났다. 부지런히 적금을 부어봐야 돌아오는 건 물가상승률보다 못한 이자뿐이다. 그동안 서울에 있는 아파트 가격은 여지없이 올라가는데 그 차액이 내가 열심히 모아둔 돈보다 훨씬 크다.

젊은 세대가 생산적인 일보다 소비 활동에서 더 많은 의미를 찾고 있고, 기성세대로 하여금 '노력은 안 하는 주제에 흥청망청 놀기에나 바쁜 자식세대'라는 인식을 안겨준 것은 사실이다. 그러나 작금의 사회가 청년층이 생산 활동으로 의미를 찾을 수 없게 돼버린 것도 굳이 따졌을 땐 사실에 가깝다. '티끌모아 태산'은 아니더라도 '조금 더 큰 티끌' 정도는 돼야 할 텐데, 우리가 마주한 현실이란 이제 막 눈을 벗어난 태풍 속 같아서 뭘 모으기도 전에 휙휙 날아가 버리기 일쑤다.

• • •

90년대 출생을 위시한 요즘 청년층의 특징으로 곧잘 꼽히

곤 하는 것이 '탈권위주의'다. 포스트모더니즘이니 뭐니 하는 얘기는 솔직히 잘 모르겠지만, 어떤 권위적 위력에 대한 거부 반응이 비교적 크고 예민해졌다는 건 확연하다. 뉴스에서 재벌가 자손의 갑질 사례가 보도되거나, 정치인이 특정 지역 또는 단체를 비방하는 뉘앙스의 단어를 쓰는 일에 사람들이 보이는 반응들을 지켜보고 있노라면 불필요한 권위주의와 이유 없는 차별들이 '마땅하게' 존재하지 않아야 한다고 여기게 된다.

지금의 청년층은 그런 탈권위적 사회 흐름에 발맞춰 교육받고 성장해왔다. 그런 과정이 얼마나 빠르고 급격하게 일어났는지, 두발규제나 겨울철 교복 위에 외투를 걸쳐 입어선 안 된다는 교칙들은 내가 고등학교에 입학할 때만 해도 멀쩡하다가 졸업할 즈음해서 완전히 없어지다시피 했던 것이다. 두발이며 복장 상태가 불량한 학생들을 귀신같이 잡아내기로 유명했던 학생주임은 쥐도 새도 모르게 사라졌으며, 그 빈자리에는 담배를 피우며 학교 정문을 통과하는 학생들을 보고도 묵묵히 있는 노령의 경비원이 들어차 앉았다.

나와 또래 친구들은 매년 바뀌는 교육제도와 학칙에 새로이 적응할 필요가 있었다. 그래서 대학교에 들어갈 때쯤 해선 대학 선배들의 술 강요나 장기자랑 요구가 반드시 근절돼야 하는 악습으로 받아들여졌다. 젊은 세대는 그렇게 탈권위적 흐름에 적응했다고도, 혹은 교묘히 길들여졌다고도 말할 수 있는 입장이 됐다. 정말 그런 시기였다. 몸은 학교 안에 갇혀 있었지만 밖에서 얼마나 많은 변화가 일어나고 있는지를 느낄 수 있었다. 언젠가 성인이 돼 사회로 나가게 되면, 그런 변화에 앞장서 시대를 이끌어갈 주인공이 우리가 되리라 믿었다.

그러나 그런 기대와 희망은 으레 대학입시를 준비하게 되는 시점부터 금이 가기 시작해서, 원서를 쓰고 수능시험을 치른 뒤 사실상의 결과가 나올 무렵에는 산산조각이 나고 만다. 그야 그때의 우리가 할 수 있는 일이라고는 지난 십이 년간의 학창 시절을 명문대학교들이 잘 떠먹을 수 있는 형식으로 요약해 부친 다음, 수십 년 간의 권위로 우뚝 쌓인 지식의 상아탑 내 관계자들이 부디 다른 학생이 아닌 자신을 선택해주길 기도하는 것밖에 달리 없었다.

그동안 그럴듯한 일자리는 줄어들기만 했다. 그마저도 이름 있는 대학을 간판 삼지 않으면 바늘구멍에 불과했다. 눈을 돌려 공무원 TO를 보자 집에서 먼 촌구석에나 가야 몇 자리 겨우 찾을 수 있었다. 탈권위주의 성향을 갖게끔 성장했지만 정작 권위에 굴종하지 않으면 제 밥벌이도 해내기 어려운 사회가 우리를 맞이했다. 대기업들의 수준 높은 요구에 맞춰 스펙을 마련하고, 모범사원으로서의 인상과 미소를 성형수술하듯 꾸며내 입사하고 나면 얼마간 답답한 연수원에 갇힌 채 시간을 보내야 한다. 뭇 대졸 청년들에 비해 훨씬 높은 초봉과 마침내 기특한 자식이 됐다는 성취감, 또 뭇 또래 친구들에게 선망의 대상으로 비쳐지는 것의 대가는 점점 커져갔다.

• • •

바다 너머의 세계를 알지 못하는 섬사람들은 자연히 억압도 느끼지 못한다. 오직 자유의 무한한 가치를 아는 사람만이 숨어있는 압제들을 찾아낸다. 그런가 하면 스스로 고통받는다. 자신에겐 배를 만들 능력이 없으며, 이따금 섬의 지배자들이 선심처럼 베푸는 기회로나 부분적인 자유를 누릴 수 있음을 알기 때문이다. 그 다음에는 꼼짝없이 섬으로 돌아가야 한다. 아무 이유도 없이.

이제 와보니 우리에게 유행했던 건 개화기 시절의 거추장스런 옷차림이나 식문화, 파이프담배와 LP판 같은 게 아니었던 것 같다. 마음 놓고 소비하기만 하면 그만이었던, 그 시대 극히 일부만이 누렸던 귀족적 삶을 동경했을 뿐이다. 적어도 가지지 못해 고통받을 일 없는 경제적 자유를 선망할 뿐이다.

그러니까. 우리 갈라파고스 세대

탈권위주의를 관철할 수 없다면 결국 반영구적 권위를 가지는 수밖에, 굴종하고 매달려서 상속받는 수밖에 없음을 우린 본능적으로 알고 있었다. 그래서 계속 도망치는 것 같다. 딱히 그립지도 않은 옛 시절로, 휴대폰 화면 속으로, 세상에 나 혼자뿐인 자아의 섬으로.

PART ——— 2

어른들은 우릴 보고 웃지

이 력 서

윤현우 Hyunwoo Yoon 胤倪雨 **1992.09.05**

📞 010-1234-5678

@ Woony119@never.com   📷 instagram.com/woony_l

📍 서울시 마포구 창전로 304 크레빌 303호

학력사항   최종학력 : ○○대학교 (4년) 졸업

재학기간	학교명 및 전공	학점	구분
2011~2019	○○대학교 사회교육과	3.1	졸업
2009~2011	○○고등학교	-	졸업

활동사항

기간	활동 내용	활동구분	기관 및 장소
2009~2011	○○고등학교 교내 밴드부 '무장조'	부장	○○고등학교
2012~2018	○○대학교 사범대 밴드 소모임 'NASTY'	회장	○○대학교 사범대학

자격증

취득일	자격증 / 면허증	등급	발행처
2019	중등학교 정교사	2급	교육부

병역

복무기간	군별 / 계급 / 병과	미필사유
2012~2014	육군 / 병장 / 포병	-

가족사항

관계	성명	연령	직업	직위
부	윤영완	65	교직원	교감
모	배상미	53	교직원	영어

위에 기재한 사항은 사실과 틀림이 없습니다.

2020년 5월 8일   성 명 : 윤현우 (인)

2020년 2월 7일 금요일

 엄마

사랑하는 아들, 현우야! 저녁밥은 잘챙겨먹었는지 모르겠구나. 졸업 이후에 너도 생각이 차암 많았을텐데~

시험결과가 실망스러워 엄마도 아버지도 마음이 아프단다. 그래도 누구보다 가장 실망스러운 것도 우리 현우 자신이겠지하고 엄마는 생각한단다....

비록 불합격했지만 시험은 한번만 있는게 아니니까 그치?^^ 이 기회를 하여금 너가 성장할 수 있는 시련삼아 교사라는 책무에 더 무게감을 갖고 정진할수있는 현우가 되길 바란다 엄마는~~

밥 잘챙겨먹고~꼭~!　　　오후 7:21

 아버지

됐으니까 집에 내려와라!

나는 이제 너에대한 신뢰가 완전히 땅에 떨어졌다 인생에 기회는 두 번씩이나 찾아오는것이 드물다

나는 너를 믿었는데

더이상 같은 잘못을 반복하고싶지 않으니 내려오거라 잔말말고. 안내려오면 나도 너의 부모로서 할 수 있는 조치를 취할것이다!

오후 7:45

엄마

현우아버지 진정해요^^ 현우도 자기자신이 많이
실망스러울텐데

오후 7:46

 아버지

이제부턴 널위한 믿음도 지원도 없을줄알어라.
엄마 봐서 못미더운 널 믿은게 천추의 한이야

지금도보아라.. 너를 키워준 부모가 이렇게 이
야기를해도 읽지를 않고. 대체 정신머리가 어떻
게 된 놈인거냐?

얼른 연락해!!   오후 7:50

전 안갈거에요 그러니까

돈을 끊든 연을 끊든 아버지마음대로 하세요.
저도 더이상 못견디겠습니다.

오후 8:10

 아버지

니가 미쳤구나   오후 8:15

아버지 님이 나갔습니다.
채팅방으로 초대하기

네모난 학사모를 눌러쓰고

매년 고등학교 과정을 마친 학생 중 예닐곱 명이 대학에 진학한다는 통계[1]가 있다. 높은 수치긴 하지만 이마저도 80퍼센트에 육박했던 2000년대 후반의 대학진학률에 비하면 10퍼센트 가량 줄어든 수준이다. 이 같은 감소 추세에는 수십 년 전과 달리 대학교 졸업장이 취업을 보장해주는 시대가 지나갔다는 인식이, 그리고 '대학에서 제공하는 교육서비스에 과연 수천만 원의 빚을 상회할 만큼의 가치가 있느냐' 하는 근본적 의문이 짙게 깔려 있다.

---

1 교육부 공개자료.

우리나라의 교육 수준은 이른바 선진국이라 일컬어지는 나라들 사이에서도 손에 꼽힐 정도로 높다. 이제 와선 식상한 얘기다. 우리가 학창시절을 보낼 당시, 어른들은 젖비린내 나는 아이들을 앞에 앉혀놓곤 귀에 피가 나도록 얘기해댔던 것이다. 아프리카에 즐비한 제3세계, 개발도상국들의 아이들이 얼마나 불우한 삶을 살고 있는지, 그리고 아버지 어머니가 우리 나이였던 시절 교육받을 기회라는 게 얼마나 드물고 희귀한 것이었는지 말이다.

또 우리는 얼마나 축복받은 시기에 태어났으며 이런 시대에 열심히 공부하지 않는 것이 얼마나 아둔하고 버르장머리 없는 행동인지도 지겹게 들었다. 때때로 선생님들은 배우고 익히는 게 얼마나 즐겁냐 하는 공자의 말을 인용하면서, 우리 세대의 인적평가 기준과 존재의의까지를 모두 시험성적과 관련지어 말하곤 했다. 반에 앉아 있던 몇몇 친구들은 그런 교사들의 호통 내지 쓴 소리에 경도된 나머지 바로 다음 쉬는 시간부터 잘 보지도 않던 교과서와 참고서를 꺼내 말없이 읽기도 했다.

돌이켜보면 나도 그런 학생들 중에 하나였다. 내 학창 시절 성적은 전반적으로 별 볼일 없는 편이었다. 다만 중학교나 고등학교나 꼭 졸업을 앞둔 학년이 됐을 땐 지난 2년에 비해 훨씬 좋은 성적을 거뒀다. 보통은 졸업에 가까울수록 체력이며 의지력이 떨어져 성적이 하락하는 게 일반적인데, 나 같은 경우 완전히 반대되는 추세선을 그리게 되면서 예상보다 좋은 입시결과를 받았다. 노력도 하긴 했지만 상당 부분 운이 따랐다는 건 부정할 수 없다. '꾸준히 할 필요가 어딨어. 어차피 마지막에만 잘하면 돼' 같은 전략적 판단이 있었던 것도 아니다. 어렸을 때부터 슬로우스타터 같은 면이 아예 없진 않았지만…… 정확히 말하자면 단순히 겁이 많았을 뿐이다.

· · ·

내가 다닌 학교는 지방에 있는 평범한 인문계 남자고등학교였다. 과거에는 지역거점 공립학교로서 명문 취급을 받았지만, 내가 입학할 즈음에는 고교평준화 시기를 지나면서 학생 수 많은 일개 고등학교로 전락했다. 학교 뒤뜰에 있는 연못 주변엔 당당하게 담배 피우는 학생들이 많았으며, 특히 내 기수에선 학생들의 투표로 당선된 전교회장이 다른 학생들의 물건을 훔치다 적발돼 다른 학교로 강제전학을 당하는 초유의 사태가 벌어지기도 했다.

그 일을 전해 들었을 무렵의 나는 점심시간 운동장에서 다

낡은 야구글러브로 노상 캐치볼이나 하는 찌질이에 지나지 않았다. 그래서 딴에는 순수한 마음에 '세상에 어떻게 그런 일이 있을 수 있나' 하고 속으로 호들갑을 떨기도 했다. 막상 어른이 되고 나선 그게 뭐 별일이었나 싶은 생각이다. '당선이 확정되고도 범죄 사실이 드러나 자리에서 내려오게 되는 일'이란 세상에 많아도 너무 많지 않나 싶어서.

아무튼 그런 고등학교에서조차 삼학년에 접어든 학생들은 하나같이 차분해졌다. 생판 양아치 취급을 받던 애들이나, 어지간히 놀고 적당히 공부도 하던 애들이나, 원래부터 안 시켜도 잘하던 애들이나 대동소이한 차이일 뿐 대체로 자중하며 몸을 사리는 분위기가 생겼던 것이다. 이유라면 두말할 것 없이 두려움 때문이었다. 모든 학생들이 그 시기를 어떻게 지나보내느냐에 따라 앞으로의 인생이 어떻게 바뀔지, 사소한 선택 한두 번으로 인해 얼마나 많은 기회가 사라져버릴지, 그래서 나중에 어떤 후회를 하게 될지도 모른다는 두려움에 압도돼 있었다.

과목별로 반에 들어오는 선생님들은 걸핏하면 우리에게 겁을 줬다. 이때 우리가 주로 듣는 것은 공부를 잘했을 때 얻거나 받을 수 있는 혜택 또는 이점이 아니라, 공부를 못했을 때 높은 확률로 겪게 될 암울한 미래와 차별, 냉정한 현실의 대우와 돌이키기에 너무 때늦은 후회 같은 것들이었다.

 "……일단 명문대 출신이라고 하면 보는 눈이 달라진다. 토씨 하나 안 틀리고 똑같은 말을 하더라도 서울대 출신이 하는 말과 지잡대 출신이 하는 말은 완전히 다르게 받아들여지지. 불공평하게 느껴지나? 그런데 사람이라는 게 원래 그런 동물이야. 첫인상과 선입견이라는 건 종이 한 장 차이거든. 사람들이 자기 의견에 귀 기울여주길 바라면 그만한 노력이 필요한 법이야. 아무 노력도 하지 않은 주제에 내 말 좀 들어주쇼 하면 길 가던 개라고 가만히 앉아서 들어줄 것 같냐? 아니, 차라리 반대로 생각해봐라. 네가 고3 때 이렇게 열심히 공부를 해서, 다른 놈들 PC방 가고 오락실 가서 놀 때 성실하게 공부해서 명문대에 진학했다고 쳐. 그런데 니가 내놓는 의견이랑 어디서 양아치짓거리나 하다가 대충 사회에 굴러 나온 놈이 생각 없이 나불대는 게 똑같은 취급을 받아. 상상만 해도 막 미치겠지 않아? 오히려 그런 게 역차별이지. 노력한 사람이 노력하지 않은 사람과 똑같은 대우를 받는 게. 지금 자고 있는 놈들이랑, 안 자고 열심히 공부한 놈이랑 시험점수가 똑같으면 그게 불공평한 거 아니겠냐. 자, 그러니까 집중하고. 진도 나가자. 교과서 232쪽……."

 국사선생님이 잠깐 수업을 멈추고 몇 분간 늘어놓았던 장

그러니까, 우리 갈라파고스 세대

광설에 나는 진심으로 마음이 동했다. 왜냐하면 그때의 나는 자는 학생이 아니라 일어나 수업을 듣는 학생이었기 때문이다. 모의고사 성적은 꾸준히 오르고 있었고, 4년제 대학도 위태롭던 점수는 바짝 올라 인서울을 노려볼 만한 수준이 돼 있었다.

새벽 두 시에 취침하고, 오전 여섯 시에 일어나 제일 먼저 교실에 들어오고, 졸려 죽을 것 같을 때마다 자습실 화장실에서 찬물 세수를 했다. 그러고도 피곤기가 가시지 않으면 아예 일어서서 문제를 풀었다. 고3이 되기 전까지만 해도 서서 공부할 수 있게 만들어진 스탠딩 책상을 놓고 "왜 누워서 공부할 수 있는 책상은 안 만들어 준대냐?" 하며 농담을 주고받았었는데, 이제는 누가 먼저 그 책상을 차지할 것인지 눈치싸움까지 해댔던 것이다.

그렇게 오기 섞인 경쟁과 노력을 이어가다보면, 어느 새부턴가 단순한 보상심리를 넘어 은근한 계급의식이 꿈틀거린다. 수능을 정확히 백일 앞둔 날 국사선생님이 했던 말처럼, '이토록 노력했음에도 남과 똑같은 대우를 받을 순 없다'는 생각이 스멀스멀 내리깔리는가 하면, 서울대 입학 가능성이 점쳐지는 몇몇 학생들이 교사로부터 노골적인 편의를 허락받는 일들이 당연한 것처럼 여겨졌다. 그래, 그 녀석들은 이미 몇 년 전부터 지금과 같은 노력을 지속해왔으니까. 남다른 대우와 혜택을 제공받는 것은 지극히 자연스러운 일이야. 그러니까 나도 열심히 하자, 저 정도 수준까지는 못 가더라도. 최소한 내 뒤에 엎드려 자고 있는 녀석들보다는 명백하게 나은 삶을 살아야 할 것 아니겠어?

· · ·

그렇게 대학생이 됐다. 나는 세상에 대학생이 그렇게 많다는 것에 아연실색했다. 새내기새로배움터로 떠나기 위해 대절된 버스 앞에서 행렬을 맞춰 서있는 수백 명의 신입생들. 나는 기껏해야 그 수백 명 중의 한 명이었다. 또 학교 전체로 치면 수만 명 중의 한 명이었고, 나라 전체로 보면 매년 쏟아져나오는 수십만 명의 대학생들 가운데 한 명이었다. 아니, 내가 한 노력은 좀 특별하고 희소성 있는 것이 아니었나? 그야 거의 대부분이 마지막 일 년에 몰려있기는 했지만. 남들 다 잘 시간에 깨어서 공부하고, 스톱워치로 하루 열네 시간씩 재가며 학업에 몰두했던 것이 이토록 일반적인 일이었다니. 앞으로는 또 얼마나 오랜 시간동안 버텨야 하는 걸까? 누구나 참고 버티는 시간을 지나 얻을 수 있는 거라곤 고작 평범한 사람으로서의 자격뿐일 텐데.

학업을 관두는 데는 여러 가지 이유가 있다. 나는 대학교 3학년이 되기 전 대학을 자퇴하고 말았는데, 표면상 이유는 '학비가 모자라서'였으나 실제론 '모든 의욕을 잃어버려서'에 더 가까웠다. 죽어라 달려야 겨우 평범해질 수 있는 현실도, 더 멀리까지 달리기는커녕 벌써부터 주저앉아버리고픈 나 자신도 전부 싫었다. 속 편히 도망치고 싶었지만 도망치는 데에도 자격이 필요했다.

집안 사정으로 군대를 늦게 다녀온 한 친구는 최근 들어서야 겨우 학사모를 썼다. 몇 년간 노력해 얻은 결과라면 뿌듯해할 법도 한데, 술을 마시면서 한다는 말이 '뭔 놈의 모자 하나가 이렇게 비싸냐'는 것이었다.

"그렇게 미친 듯이 공부한 결과가 최저기준이야" 친구가 말했다. 나는 덩달아 잔을 올리다 말고 물었다.

"최저기준이라고?"

"그래. 최저기준이지. 논술시험 최저등급 같은 거야. 뭐 빠지게 준비해서 논술시험 쳐봐야 뭐 하나? 최저등급 못 맞추면 제대로 들여다봐주지도 않는 거 다 알잖아. 경쟁은 무슨, 출발선에 서지도 못하는 거야. 따지고 보면 대학졸업장도 그런 거야. 대기업이나 공기업 놈들은 매년 수천수만 개의 이력서를 받잖아. 그걸 일일이 다 볼 수는 없으니까, 최소한의 자격사항을 만들어놓은 거지. 학력이 이쯤은 돼야 우리가 이력서든 자기소개든 읽어주겠다. 읽어라도 봐주겠다······."

"······."

나는 별달리 할 말이 없었다. 그 날 우리는 노래방에 가서 〈네모의 꿈〉을 다섯 번이나 반복해 불렀다.

우린 언제나 듣지
잘난 어른의 멋진 그 말
'세상은 둥글게 살아야해'
지구본을 보면
우리 사는 지군 둥근데
부속품들은 왜 다
온통 네모난 건지 몰라
어쩌면 그건 네모의 꿈인지 몰라

그러고 나서 한 결혼정보회사의 채점표를 보며 너는 이제 15점이네, 그렇게 말하는 너는 6점이네, 하며 밤새 웃고 떠들었다. 어떤 모양의 모자를 썼든지, 결국 우리는 사랑받고 싶을 뿐이었다. 만일 내가 사랑받기 위해 자격이 필요하다면. 최소한의 자격이 필요하다면. 모든 조건을 만족한 그때 사랑받는 것은 과연 나 자신일까, 아니면 내가 가진 자격일까? 친구는 혀가 배배꼬인 채 "이제 아무것도 모르겠다"고 했다. 그토록 바라던 명문대 졸업장을 받아놓고도 여전히 그랬다.

2020년 2월 16일 일요일

 엄마

현우야 연락받으렴

엄마가 아버지한테 이야기 잘해놓았단다~
우리 현우가 임용준비하면서 스트레스를 많
이받고 그래서 욱한것일테니까 너무 노여워
하지말라고 말씀드렸으니 오전중으로 연락
주겠니??

오전 10:40

 엄마

너무 바쁘면 오늘안으로라도 괜찮다~~

점심밥 잘 챙겨먹으려무나

오후 11:47

 엄마

현우야~ 연락 안줄거니???
전화라도 받아 그럼

기왕이면 먼저 해주면 좋겠네~~ 엄마는~

오후 3:09

엄마

오늘 살면서 처음으로 내가 널잘못 키웠다는 생
각이 드는구나.... 현우야 니가 어떻게 엄마속을
이렇게 썩일수가 있니?? 카톡도 읽고 답장을 안
하고...?

오후 10:28

 엄마

학창시절내내 말대꾸한번 안하던애가 학교졸업
하고 나선 연락도 잘안하더니 안보던 사이에 애
가 많이 변해버렸구나 니가~

공부야 네가 알아서 잘했지만은... 엄마도 아버
지도 네가 공부이전에 사람이 먼저 돼라고 그렇
게 당부를 했었는데

오후 10:30

대체 언제 그랬는데요?

엄마도 아버지도

맨날 다른 건 됐으니까 공부만 잘하라
그랬으면서...

 오후 10:33

인간실격?

    굳이 따지면, 〈말죽거리 잔혹사〉는 요즘 젊은 세대보단 몇 년쯤 앞선 시대의 이야기다. 영화가 개봉하던 2004년 당시 나는 초등학생에 불과했다. 내가 겪은 교내 부조리라면 반장이 운동회 때 돌린 데리버거를 지 혼자 세 개나 처먹었다는 것밖엔 없었다. 아무리 자기 부모님이 돌렸다 쳐도 자기만 세 개씩 먹는 건 너무한 것 아닌가? 두 개도 아니고 세 개라니.

    아무튼 그런 것치곤 한 반에 앉아 있던 남학생 중에 〈말죽거리 잔혹사〉를 한 번도 본 적 없는 친구는 거의 없었던 것 같다. 생각해볼수록 신기한 일이다. 서로 안면도 없는 애들끼리 '야, 새학기 시작하기 전까지는 무조건 그 영화를 보고 오는 거다' 하고 미리 짜놓았을 리도 없는데 말이다. 다들 어떻게든

다운로드받아서 보고 왔는지 영화에 나오는 명대사들이며 싸우는 자세와 얼굴 표정까지 따라했다.

학생 입장에서 그만큼 공감하고 깊게 몰입할 수 있는 이야기가 드물기도 했다. 정말이지 다음 세대까지 물려줄 수 있을 정도로 드물었다. 하기야 어른들은 학교가 어디에 있는지 정도는 알지만 학교 안에서 어떤 일들이 일어나는지는 제대로 알지도 못하고 크게 관심도 없다. 자신도 한때 학창시절이란 걸 경험했다는 것과 "요즘 공부는 잘하고 있지?"란 물음에 "네" 하는 대답을 들었다는 것만으로도 요즘 학생과 학교에 대해 무척 많은 걸 알고 있는 것처럼 굴기도 한다.

영화 덕분에 잠시나마 유행을 탄 단어가 '잉여인간'이다. 확실하게 기억은 안 나지만 작중에 나오는 주인공이 성적이 떨어졌는지 사고를 쳤는지 하는 일로 아버지에게 호되게 야단맞는 장면 가운데 "공부를 안 하면 나중에 어떻게 되는지 아냐? 잉여인간 되는 거야, 잉여인간!"이란 대사가 많은 친구들의 심금을 울렸던 것이다. 학생들이 심심할 틈 없이 듣고 다니던 말을 영화에서 다시 듣다니. 대한민국 학교더러 다 족구나 하라는 마지막 외침에 전율이 일 수밖에 없지 않은가. 공부 좀 안 했기로서니 사람한테 잉여라는 말을 붙여버리고. 우리가 뭘 보고 들으며 사는지 잘 알지도 못하면서…….

사람은 사람으로 태어난 이상 사람으로 죽는다. 생물학적으로는 분명 그럴 것이다. 영장류로 태어났는데 죽을 때 보니 파충류일 수는 없는 거니까. 근미래에는 기술의 발달에 힘입어 가능해질지 몰라도(도대체 무슨 이유에서 그런 짓을 해야 하는지는 모르겠지만) 작금의 문명수준으론 인간으로 쭈욱 살아가는 것 말고는 다른 묘안이 없어 보인다.

　요컨대 사람이 태어나 죽을 때까지 사람인 것은 어떤 조건이나 자격의 유무에 따라 결정되는 것이 아닌 '그냥 어쩔 수 없이 일어나는 것'에 가깝다. 일개 소시민이든, 고위공직자든, 억대 연봉의 대기업 임원이든, 삼도수군통제사나 미합중국 대통령이라도 인간으로서의 삶과 죽음에서 벗어나지 못한다. 금전을 노린 단순 강도도, 역겨운 강간범이나 악랄하기 짝이 없는 연쇄살인마도 마찬가지다. 엄밀히 말해 인간이란 생물적 종의 구분이지 공과功過에 따라 여부가 갈리는 단어가 아니기 때문이다.

　그런데 우리가 자라면서 들었던 잔소리 중에 "공부를 아무리 잘하면 뭐 하나? 인간이 먼저 돼야지"를 빼놓으면 섭섭하다 못해 서러울 지경이다. 농담이 아니라 나는 어른이 되기까지 이 말을 백 번은 족히 들었다. 그럴 때마다 겉으로는 "할머니 말이 백 번 천 번 맞는 말씀이죠 헤헤"라고 했지만, 속으로는 난 이미 사람인데 대체 뭔 얘기를 하시나 싶었다. 할머니가 말씀하셨던 인간이 생물학적 개념의 인간이 아니라 도덕적으로 올바른 사람이 되어라는 뜻이라는 것쯤은 나도 알고 있다. 그런데 돌이켜볼수록 저 레퍼토리만큼 모순적이고 비겁한 잔소리도 드물다.

왜냐하면 일관성이 없기 때문이다. 저런 말을 할 거면 꼭 저런 말만 하셨어야지, 이튿날 시험성적표를 들고 왔을 땐 "제발 공부만 잘해라. 내가 너한테 딴 건 안 바란다. 공부만 잘해. 나머지는 내가 알아서 다 하려니까" 하며 당부하셨던 것이다. 아니, 그럼 난 인간이 먼저 돼야 하는가, 공부를 먼저 잘해야 하는가. 자라는 내내 똑같은 말만 들어도 힘든 건 똑같겠지만, 적어도 이랬다저랬다 손바닥 뒤집듯이 말을 바꿔대는 것보단 낫다. 인간도 공부도 동시에 못할 게 뭐 있느냐고 물을 수도 있겠지만…… "모든 일에는 순서가 있는 법이다"가 할머니의 입버릇 중 하나였다는 것만 알아주길 바란다.

물론 할머니를 비롯한 그 수많은 어른들이 나 같은 어린애를 능욕하고 골탕 먹이고자 저런 잔소리를 하진 않았을 것이다. 매일 바빠 죽겠다는 어른들이 무슨 부귀영화를 누리겠다고 그런 짓을 할까? 단지 그 오랜 세월을 사셨던 할머니도 답을 몰랐던 것이다. 자식 놈들에게 인간됨됨이를 키워줘야 할지, 정글 같은 사회에서 살아남을 수 있는 경쟁력을 갖추게 해야 할지. 두세 번 키우고 떠나보낸 것으로도 알 수 없는 것들이 있으셨으리라 생각한다. 그래서 금지옥엽 손주만큼은 당신 자식들처럼 보내기 싫으셨을지 모른다. 사람은 지나치게 아끼는 존재에게 더 많은 실수를 저지르니까.

• ● •

그렇게 수준 높은 교육을 받으며 자란 오늘의 청년들에게도 '사람이란 무엇인가', 나아가 '인간 취급을 받기 위해서는 어떤 조건을 갖춰야 하는가'라는 건 영원히 숙제로 남았다. 숙제도 보통 숙제가 아니라서, 머리 아프다고 몇 년 미뤘다가는 몇 달 밀린 구몬 학습지처럼 무시무시한 시련이 돼버린다. 마구 쌓였는데 이리저리 뒤엉키기까지 해서, 나중에는 그대로 방치해놓은 채 살아가기도 한다. 뒤늦게 하는 얘기지만 사람으로 사는 것이 원래 그런 걸지도 모르겠다. 내가 왜 사람인 줄도 모르고 살아가는 것이 삶일지도 모른다. 그러면서 오랜만에 만난 친구에게 "이야~ 이거 안 보던 사이에 사람 됐네?" 하며 너스레를 떠는 건지도 모를 일이다. 어딜 가서도 꼬박꼬박 1인분씩 사람구실을 해야 사람인 건지, 혹은 사람 사는 냄

새를 풍기는 사람이 사람인 건지. 확실한 건 '인간미'와 '인간

실격' 사이에서 못내 작두를 타며 사는 게 우리 세대만의 슬픔

은 아니라는 점이겠다.

iMessage
2월 18일 (화) 오후 1시 37분

야 현우야! 수고많았다! 방금 일당 입금했으니까 확인해봐

갑자기 불렀는데 와줘서 너무 고마웠어 갑자기 기타가 빠꾸나서 공연걱정이 참 많았는데 너덕분에 진짜로 살았다! 첨에 말한것보다 좀더 넣었으니까 요긴하게 쓰고!

집에 조심히 들어가고! 담에 또 보자

고마워 형

나야 뭐 하는일도 없는데 언제든지 불러주면 좋지

그래도 야

나는 그렇다쳐도 너는 선생님될거잖아ㅋㅋㅋ

바빠도 우리같은 알바보단 훨씬 바쁠텐데

아니ㅋㅋㅋ나 임용 떨어졌다니까

야 시험에 한방에붙으면 인간미없어

어차피 다시 칠거잖아

잘 모르겠어 그건

공부 못해먹겠어

엄살은ㅋㅋㅋㅋㅋㅋㅋㅋ 너 공부잘하잖아

그냥 공부 열심히해 너는

나같이 서른 다되도록 세션 알바나 뛰면서
한심하게 살 애는 아니잖아

뭔 소리야 형 존나 멋있는데

나도 가능하면 형처럼 멋있게 살고싶다

ㅋㅋㅋㅋㅋ입에 발린 소리 그만하고

자라ㅋㅋ 담에 일있으면 다시 물어볼게

시험 공부 열심히하고 포기하지마

진짠데

난 차라리
웃고 있는 알바생이 좋아

프리터Freeter란 '프리아르바이터'의 일본식 조어다. 일본에서 '정규직 이외의 아르바이트나 파트타임으로 생계를 유지하는 사람'을 가리키는 어휘[2]로 쓰이는데, 80년대 후반부터 사용된 단어라고 하니 지금의 20대 청년보다도 나이가 많은 셈이다.

지리적으로나 역사적으로나 관계가 깊어서인지 몰라도 일본 사회에서 떠오르는 문제들은 우리나라에도 비슷하게 불거지는 경우가 제법 있다. 앞서 언급했던 히키코모리나 수년 전 미디어를 휩쓸었던 초식남 열풍, 리스크를 부담하는 것을 극

---

[2] 위키백과 한국어판.

도로 기피하며 소확행[3]같이 즉각적인 효용을 추구하는 사토리 세대さとり世代[4] 등 단어는 생소해도 현상 자체는 낯익은 개념이 많다.

기성세대의 관점에서 봤을 때 80년대생으로서 서른을 넘긴 청년들이나 서른을 코앞에 둔 90년대생 이십대들은 '번듯한 직장을 구해 사회초년생으로서의 경험을 쌓으며 성숙해가야 할 나이대'에 위치해 있다. 여기서 말하는 번듯한 직장이란 두말할 것 없이 내실이 튼튼하고 장기적인 비전이 보이는 기업 또는 기관에서의 정규직쯤 될 텐데, 불쑥 2020년대에 들어선 지금도 기성세대의 기준에 적합한 젊은이들이란 열 명 중 한 명 꼴로도 찾기 어렵다.

오히려 저런 나이에도 불구하고 단기 아르바이트 또는 일용직을 전전하고 있거나 기껏 들어간 회사에서 삼 년을 채 버티지 못하고 기약 없이 백수생활을 이어가는 등 미래가 요원한 케이스가 훨씬 많기 때문에, 프리터 같은 단어는 세대 중에서도 어느 특정한 집단을 지칭하기보단 청년층 전체에 걸쳐

---

3 소소하지만 확실한 행복. 요즘 세대의 어휘 같지만 이것도 80년대 일본에서 등장한 단어다. 무라카미 하루키가 처음 사용했다.

4 유토리 세대ゆとり世代와는 비슷하지만 다르다.

널리 퍼져 있는 일종의 경향성으로 봐도 좋을 것 같다.

● ● ●

사실 젊은 세대의 입장에서 기성세대의 기준이란 이해도 납득도 안 되는 곳에 걸려있다. 그보다 어떤 세대에 적용되는 정신적인 기본법칙이 다르다고 표현하는 게 적절할 수도 있다. 기성세대가 주축이 된 경제구조에선 '청년들이 안정적인 직업을 얻기 위해 더 노력하지 않거나 완전히 포기해버리는 것'을 문제 삼지만, 청년들에겐 '더 나이가 들어 아르바이트마저 할 수 없게 되는 것'이나 다음 해 최저임금 상승률과 퇴직금 수령 기준 변경 같은 게 훨씬 큰 걱정으로 다가온다. 안정적인 직장을 구할 수 있고 없고를 떠나서 왜 비정규직이면 안 되느냐는 식이다. 당연히 말이 안 통할 수밖에 없다.

한편 부모님들은 이렇게 생각할 수도 있다. 그럼 공부는 왜 한 거야? 대학은 왜 가서 등록금을 그렇게나 날린 건데? 그거야 부모님이 그러길 바랐기 때문이다. 우리에겐 선택권도 결정권도 없었다. 의지를 갖고 뭘 해보려 한들 허용된 시공간이 한정적이고, 경제적으로 과감하게 독립할 수 있는 능력도 없다. 이름 있는 대학교 입학하는 것 이외의 진로를 진지하게 고

민해볼 만큼 주체적인 성장 과정도 아니었다.

생존에 필요한 모든 요건을 의지하고 있는 상황에서 부모의 뜻을 거스르기도 어렵다. 떼쓰는 것도 최신 노트북이나 새 스마트폰 정도나 돼야 해볼 수 있는 거지, 어느 날 불쑥 "아버지, 어머니, 죄송한 말씀이지만 저는 대학 갈 이유가 딱히 없을 것 같습니다. 그냥 기타나 튕기고 노래나 부르면서 제멋대로 살 테니 제 삶을 응원해주시겠어요?"라고 말할 수 있을까? 무슨 소리를 들으려고 그런 모험을 한단 말인가? 가방끈 짧은 게 평생의 한으로 남은 부모님이었다면 더욱이 힘들 것이다.

그렇다고 피로 맺어진 인연을 원래 없었던 셈치고, 옛날처럼 야밤에 시골집을 뛰쳐나와 서울행 기차에 몸을 싣는다고 해서 어떻게든 살아지는 시대도 아니다. 요즘에 그랬다간 잘해야 보호시설 입소, 대체로 가출청소년으로 전락해 범죄의 주체 또는 피해자가 되기 십상이다. 밑바닥부터 시작해 한 푼 두 푼 모아 뭘 하려고 해도 만기해지한 적금이자가 2퍼센트 남짓이다. 쥐구멍 같은 단칸방 생활에는 볕들 날은 무슨, 그나마 있던 깜부기불도 꺼져가는 상황이 조금이라도 나아질 기미를 보이지 않는다.

만약 당신이라면 이런 상황에 어떤 종류의 생각이 들 것 같은가? '아, 내 노력이 아직도 부족하구나. 잠을 줄이고 더 최선을 다해 일에 몰두 해야겠다'고 생각할까? 글쎄…… 나라면 역배당 사다리 한 판 거하게 땡겨보다가 다 잃으면 한강물 온 도나 체크해볼 것이다.[5]

· · ·

"안정적인 게 아니면 패기 있게 도전이나 해볼 것이지, 요즘 청년들한테는 열정이라는 걸 찾아볼 수가 없어. 젊은 나이에 고생은 사서도 한다는데. 실패하는 게 뭐 그리 대수라고?" 택시기사님은 이제 쓰고 있던 선글라스까지 벗어던진 채 열변을 토하고 계셨다. "내가 이 택시기사 생활을 30년을 했는데, 요즘 청년들이 제일 한심하고 꼴보기 싫다니까. 얘기하는 거 들어보면 아주 가관이야. 이것도 싫어, 저것도 싫어. 그냥 일을 하기 싫어한다고. 맨날 술 먹고 놀고만 싶어 하지. 우리 젊은 손님처럼 비전 있고 열정 있는 청년들이 조금만 많았으면 나라가 이 지경까지 오진 않았을 거라고요."

"아, 하하하하……."

~~~~~~

5 실제로도 그랬다. 어차피 같은 도박이면 글이나 써보자는 게 이렇게 됐을 뿐이다.

그러니까, 우리 갈라파고스 세대

나는 문득 머리가 하얘져서, 내리기 전까지 어색한 웃음만 지어보였다. 하기야 잘못이라면 '손님은 무슨 일 하시길래 이 시간에 판교를 가시냐'는 질문에 얼떨결에 창업을 해서 투자처에 미팅을 하러 간다고 대답한 나에게 있었다.

아주 일리가 없는 말은 아니다. 이도저도 아닌 것보단 뭐라도 부딪혀보는 쪽이 나아보이니까. 아무렴 비윤리적이거나 법에 어긋나는 게 아니라면 일을 크게 벌리는 게 잘못은 아니지 않은가. 이런 연유에선지 어르신들은 청년 창업가에 대한 인식이 대기업이나 공기업에 취직한 친구들 못지 않게 좋은 모양새다. 실제로 정부 차원에서 청년 창업을 장려하기 위해 막대한 예산을 퍼붓기도 했고, 창업 멘토랍시고 이미 사회에서 자리 잡은 중견 기업가들을 불러 '요즘이 얼마나 창업하기 좋은 시대냐'는 얘길 세뇌 수준으로 늘어놓았다. 그 덕분인지 대학 졸업도 전에 창업 전선에 뛰어드는 청년들이 최근 들어 많아진 추세이기는 하다.

그러나 대학교를 갓 졸업한 청년들이 창업에 뛰어드는 이유는, 거기에 확실한 비전과 열정이 있어서라기보단 다른 진로가 너무 암담해서라는 게 한결 맞는 분석이다. 진심으로 어떤 문제를 해결하거나 개선할 의지로부터 말미암아 창업을 결정한 사람들도 있지만 한때 스타트업 대표로서 경험했던 바로, 이

는 아주아주 드문 케이스에 불과했으며 대부분은 '회사를 그럴
듯하게 키워 수백억대의 투자를 받는 것' 또는 '거대 IT기업[6]에
수십억쯤 되는 가치로 지분을 팔아치우는 것'이 지상목표이
자 궁극적 비전이었다.

이마저도 '정부가 창업을 키워보겠답시고 뿌린 눈먼 돈을
중간에서 적당히 챙겨먹는 것'이 유일한 수익구조였던 회사
들에 비하면 양반이었다. 이런 회사에는 으레 정부에 제출할
자료를 전담하는 사무보조[7]가 한두 명씩 앉아 있기 마련이었
는데, 대표를 비롯해 나머지 임원들이 하는 일이라곤 거들먹
거리며 강남과 판교로 나가 밥이며 커피를 먹고 오는 것과 네
트워킹 파티를 빙자해 벌어지는 스타트업 관계자들의 술자리
에 나가 밤새도록 떠드는 것이 고작이었다. 심지어 이런 사실
을 다른 직원들이 보는 앞에서 자랑스럽다는 듯 이야기한 적
도 있었다. '정부예산은 못 챙겨먹는 놈이 바보'라는 말과 함
께 말이다. 그 대표는 1년 뒤, 창업했던 회사를 정리했으며 그
뒤론 창업 경력을 스펙 삼아 대기업 신입사원으로 채용됐다

6   십중팔구는 여기에 네이버나 카카오를 끼워 넣는다.
7   당연히 계약직이다.

는 후문이다.

 청년 창업이란 말 자체는 그럴듯하다. 하지만 실상은 안정적인 직업을 얻기 위한 하나의 과정 또는 일확천금을 노리고 달려드는 도박적 행위로 쪼개지는 게 태반이다. 스타트업 및 벤처기업 열 곳 중 절반 이상이 2년 내에 문을 닫는 것으로 조사됐고, 3년이 더 지나면 일곱 곳 이상이 폐업 상태로 전락한다.[8] 창업이라는 게 한두 해 바짝 일해서 성과를 볼 수 있는 일이 아닌 만큼 오랫동안 버티는 것 자체가 기본이자 핵심역량인데 그조차 충족하지 못하는 사례가 반수 이상이다. 5년은 고사하고 2년도 버티지 못할 각오로 시작한 창업에 정말이지 깊이 있는 신념과 기업가정신이 깃들어있을지도 의문스럽다. 차라리 취업해서 진득하게 일할 자신도 없고, 그렇다고 가만히 시간만 축내고 있기도 뭐하고 해서 맨땅에 헤딩한다는 심정으로 뛰어들었다는 쪽에 좀 더 설득력이 있지 않을까.

---

8   중소벤처기업부 공개자료에 따르면 그렇다.

도전과 실패가 젊음을 성장시키는 요소라는 점까지는 어느 정도 동의한다. 나 역시 무턱대고 달려들었던 창업에서 불과 3년도 안 돼 처참한 실패를 겪었다. 그런 경험을 토대로 상당히 성장한 부분도 있다. 체계적인 준비도 밑바탕도 없이 시작했던 만큼 당연하다면 당연한 실패였지만, 그런 걸 감안하더라도 창업실패가 주는 좌절감, 인간관계에 대한 환멸, 훌쩍 떠나버린 몇 년간의 청춘, 거기 뒤따라오는 경제적 후폭풍 같은 것들은 이제 겨우 대학생 티를 벗어나고 있는 청년들에게 너무 무거운 짐이기도 하다. 사람마다 다르기야 하겠지만 적어도 내겐 그랬다.

나는 젊은 나이에 수천만 원의 빚을 떠안아 지금껏 갚아나가고 있으며, 글이라는 새로운 일을 찾아내는 과정 도중에 극심한 우울증을 겪다 끝내 자살을 시도했다. 아무리 젊을 때는 사서도 하는 고생이라지만, 젊어서 한 번쯤 하는 방황이나 철없이 했던 선택의 대가치곤 지나치게 가혹하고 잔인했던 것도 사실이다. 이만큼 아플 수도 있으리란 걸, 내가 시작하기 전엔 아무도 귀띔해주지 않았는데 말이다.

어쩐지 제3자의 관점에서 남 얘기처럼 쓴 감이 없잖아 있지만, 비정규직이나 계약직 같은 소재는 다름 아닌 나 자신과 관련된 이야기이기도 하다. 말이야 프리랜서고 작가지, 출판사

그러니까, 우리 갈라파고스 세대

와 한 권 단위로 계약해 먹고산다는 점에선 재택근무 외에 별다를 것도 없다. 글로 먹고산다는 것이 보기보다 여간 까다로운 게 아니라서, 노후 같은 머나먼 미래는 말할 것도 없고 당장 다음 달 빠져나갈 월세와 카드값도 걱정스러운 매일이다. 누군가 날 더러 '좀 그럴듯해 보이는 아르바이트'라고 말해도 둘러대기가 마땅치 않다.

그나마 내가 좋아하는 일로 입에 풀칠이나 한다는 것이 위안이라면 위안이다. 누군가는 젊음을 넘어 몹시 늙어서나 찾고, 또 누군가는 평생 찾아내지 못하기도 하는 것을 나는 운 좋게도 일찍 찾았다. 그래서 내게 대학도 못나온 고졸에 서른이 다 돼가도록 안정적인 직장도 없이 알바나 하고 있는 한심한 놈이라 욕할지언정 엄청난 상처가 되진 않는다. 다 사실이라서 짜증은 좀 나겠지만.[9] 나는 이 있어 보이는 아르바이트를…… 다시 말해 글 쓰며 사는 일을 가능한 오랫동안 이어나가고 싶다. 오늘 글을 쓰는 이유가 내일도 모레도 글을 쓰기 위해서라면, 비록 아르바이트긴 해도 꽤 멋진 일이다.

어떤 젊음이 퍼뜩 그런 일을 찾았다고 한다면, 그게 계약직이

---

9 대한민국은 사실을 적시해도 명예훼손죄에 해당하는 나라다.

든 비정규직이든 하물며 아르바이트에 불과한 일이든 상관할
바 없지 않을까. 살다가 보면 세상에 그런 일은 몹시 드문 데다
가, 정규직이면서도 매주 닷새씩 불행한 사람은 얼마든지 찾
을 수 있으므로.

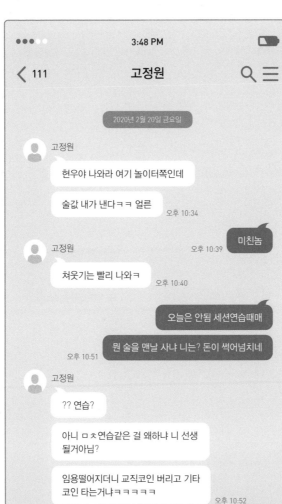

2020년 2월 20일 금요일

고정원
현우야 나와라 여기 놀이터쪽인데

술값 내가 낸다ㅋㅋ 얼른
　　　　　　오후 10:34

　　　　　　　　　　미친놈
　　　　　오후 10:39

고정원
쳐웃기는 빨리 나와ㅋ
　　　　오후 10:40

　　　　　오늘은 안됨 세션연습때매

　　　뭔 술을 맨날 사냐 니는? 돈이 썩어넘치네
오후 10:51

고정원
?? 연습?

아니 ㅁㅊ연습같은 걸 왜하냐 니 선생
될거아님?

임용떨어지더니 교직코인 버리고 기타
코인 타는거냐ㅋㅋㅋㅋㅋ
　　　　　　　　　　　오후 10:52

　　　　　　　　　넌 뭐 다 코인이냐
　　　　오후 10:53

고정원
이 새기가 아직도 인생을 모르네

삶이 ㄹㅇ코인이랑 똑같다 나도 어제까지 개
쪽박차다가 작전코인 개떡상해서 하루아침에
1억땡겼구만ㅋㅋㅋ 술 안사게 생겼냐
　　　　　　　　　　　　오후 10:55

오후 10:55

1억?

고정원

진짜 너도 잘 생각해봐야된다니까? 교사나 기타 알바뛰어서 언제 1억벌래?

코인하나 잘 땡기면 하루아침에 1억이 생기는데 열심히 살아서 뭐할거냐

한번뿐인 인생 존나 즐기면서 살아야지

그러니까 현우야 나와라 내가 코인 갈켜줄게
오후 10:58

됐다 돈도 없고 나는

너나 잘해봐라
오후 11:01

고정원

어휴;; 언제 정신차릴래???
오후 11:7

ㅗ
오후 11:16

2020년 2월 24일 월요일

고정원

현우 혹시 백만원만 빌려줄수있냐 내일 출금되면 바로 갚아줄게

돈이 작전에 몰려있어서 지금 한푼도 없어가지고... 안 되겠냐?
오전 11:19

비트코인,
어차피 인생은 동전던지기니까

온라인 커뮤니티를 이용하는 젊은 유저층이 흔히 사용하는 은어 중에 'ㅇㅇ코인'이라는 게 있다. 딱 보면 감이 오겠지만, 2010년대 후반 즈음해서 전 세계를 강타했던 비트코인Bitcoin 열풍 이후에 쓰이기 시작한 말이다. 이제는 카테고리를 가리지 않고 가치가 급등하거나 급락하는 곳에 유무형의 자산[10]을 투입하는 것을 'ㅇㅇ코인 탄다'고 표현한다. 가령 누군가 무명이었던 아이돌 그룹에 온갖 정성을 쏟는다면 그 아이돌 이름을 딴 코인을 타는 것이고, 한 달 뒤에 음악방송에서 1위를 기

---

10 금전이나 재화는 물론, 개인적인 시간이나 감정 등 사람이 투자가능한 모든 것들에 해당된다.

록하며 대세 반열에 오른다면 제대로 코인을 탄 것이 된다. 반대로 누군가 공개적으로 친목을 다졌던 셀럽이 음주운전이나 성 관련 추문으로 평판이 최악으로 떨어진 경우, 그 셀럽이라는 코인을 잘못 탔다는 말과 동시에 "일찌감치 '손절'했어야지"라는 핀잔을 듣게 되는 식이다.

블록체인[11] 기반 암호화폐의 시초격인 비트코인은 세간의 이목을 끌면서 시세가 급등하기 시작했다. 2010년에만 해도 1단위당 한화로 50~100원에 불과했던 것이 몇 년 뒤에는 하나당 2,000만 원이라는 경악스러운 거래가격을 기록하면서 너나없이 비트코인 투자에 뛰어들었고,[12] 사업 기회를 엿본 사람들은 유사 가상화폐와 거래소를 만들어 떼돈을 벌기도 했다.

이 시기를 전후로 원래 주식 커뮤니티에서나 쓰던 떡상, 떡락 같은 단어들이 이곳저곳에서 쓰였는데, '가즈아' 같은 표현은 선거운동에도 인용될 만큼 가공할 범용성을 자랑한 바 있다. 몇 년이 지난 지금이야 꽤 잠잠해졌지만 여전히 '10년 정

---

11 나는 이게 정확히 무슨 개념인지 아직도 잘 모르겠다. 이 책이 블록체인을 반드시 이해해야만 읽을 수 있는 책은 아니므로 적당히 넘어가도록 하자.

12 2010년 초에는 비트코인 10,000개로 파파존스 피자 두 판을 구매한 기록이 있다. 몇 년 뒤 기록한 최고가를 기준으로 하면 자그마치 2,000억 원이 넘는 피자였다.

도 과거로 되돌아가면 하고 싶은 일'에 '페이스북 주식에 투자해놓기'와 함께 '비트코인 채굴해두기'를 꼽는 사람들이 있을 정도니 그 파급력이란 실로 대단했다고밖에 말할 수 없다.

• • •

코인 투자 광풍이 대한민국을 휩쓸 당시, 나는 회사를 창업해 스타트업 대표로 소일하고 있었다. 창업한 회사 자체가 온라인 웹 서비스를 기반으로 한 IT계열에 속해 있었기 때문에, 블록체인이나 비트코인이라는 개념이 있다는 건 일찍이 알았다. 그때만 해도 익명의 개발자들이 주도한 일종의 실험쯤으로 여겼을 뿐 눈여겨보진 않았는데, 시세 폭등으로 돈벼락을 맞았다는 사람이 우후죽순으로 등장하면서 IT업계에도 기묘한 분위기가 형성되기 시작했던 것이다.

한 번은 우리 회사 사무실에 코인계의 큰손이라고 불리는 개발자 세 명이 찾아왔다. 자신들이 1년 내로 어마무시한 기술력을 가진 암호화폐를 코인거래소에 상장할 예정인데[13] 당신네

~~~~~~

13 정말 이렇게 말했다.

서비스의 탄탄한 유저층에 관심이 있어 인수 제안을 하러 왔다는 것이다. 처음에는 암호화폐랑 우리가 운영하던 서비스가 무슨 상관이지 싶어 심드렁했다. 그러다 함께 일하던 팀원 중 한 명이 "그래도 얼마를 제안하는지 들어나 보는 게 어때요? 대표님도 궁금하잖아요?" 귀띔하기에 말 그대로 들어보기나 했다.

"저희가 일단 드리는 제안은 100억 원입니다."

개발자 세 명 중에서 가운데 앉아 있던 사람이 대답했다.

"……?"

나는 순간 귀를 의심했다. 미팅을 너무 많이 다니다 보니 청력에 이상이 생긴 줄 알았던 것이다.

"아, 정확히 말하면, '100억 원에 상당하는 가치'를 지닌 코인을 드릴 거고요."

바로 오른쪽에 있던 개발자가 말을 정정했다.

"……네?"

난 이때부터 뭔가 심상찮은 기운을 느꼈다. 이걸 뭐라고 해야 할까? 스스로 만든 논리에 너무 깊게 빠져든 나머지 '남들이 언뜻 개소리라고 여길 만한 얘길 아주 진지하게 하는 사람들'에게서 몇 번 느꼈던…… 굳이 콕 집어 말하자면 위화감이었다.

그러니까, 우리 갈라파고스 세대

그러니까, 헛소리를 너무 진지하게 말해버려서 마치 그 자리에선 그게 당연한 사실인 양 받아들이게 만드는 사람들이었다. 한 번은 같이 버스에 탄 사람이 손잡이를 잡고 서 있던 내게 "새끼발가락에 힘을 주고 있으면 몸에 중심이 잘 잡혀서 안 넘어져요"라고 말한 적이 있었다. 난 그걸 곧이곧대로 믿고 이십분 동안 새끼발가락에다 온 힘을 쏟아부었는데, 차에서 내리고 나서야 그게 말도 안 되는 소리라는 걸 알아차렸다. 그럼에도 정작 말을 꺼낸 본인이 그 이론을 진심으로 신뢰하고 있는 모양이라 뭐라 따지기도 애매한 상황이었다. 그런 사람들은 자기 의도와 상관없이 사기꾼이 돼버리곤 한다.

내 기준에선 정확히 그런 사람들이었다. 그 개발자들은 진심으로 우리 서비스에 관심이 있는 듯했지만, 나로선 회사의 대표로서도 평범한 개인으로서도 그들이 하는 말이 선뜻 이해가 되지 않았다. 아직 실체도 없고, 통장에 찍히지도 않고, 당장 어디 식당에 가서 국밥 한 그릇 계산할 수 없는 전자부스러기가 있는데, 아무튼 그게 100억의 가치를 가지게 될 것이 확실하니 제안을 안 받아들이면 바보라는 식이었다.

"아니, 그으……러면, 그 블록체인인가 암호화폐인가가 지금 있는 건가요?"

내가 물었다.

"저기요, 대표님. 블록체인이랑 암호화폐는 좀 다른 개념이에요."

마주앉은 개발자가 불쑥 끼어들어 말했다.

"아, 그렇습니까……."

나는 마지못해 대꾸했다.

"그러니까 지금 하시는 말씀이 블록…… 아니, 암호화폐로 우리 회사에 100억 원을 투자하실 생각이라는 거죠?"

"네. 그 얘기죠. 저희는 저희가 만든 코인을 드릴 겁니다."

"……그리고 그 코인은 아직 나오지 않았고요?"

내가 다시 질문했다.

"내년 초에 바로 나올 거예요. 나오면 바로 상장이 될 거고, 그러면 곧바로 돈으로 바꿀 수 있죠. 사실상 실제 돈이나 마찬가지에요."

"……."

나는 예의 팀원과 눈을 마주치며 슬그머니 고개를 저었다. 미팅은 거기서 끝났다. 우리는 완곡하게 제안을 거절했고, 최대한 정중하게 개발자들을 배웅했다.

그날 밤 사무실에서 잔업을 끝내고 빠져나오는 길이었다. 늦게까지 함께 일한 팀원이 내게 수고 많았다는 투로 말을 꺼냈다.

"그런 또라이들 상대하느라 대표님이 참 고생이 많네요."

"또라이라기보다는…… 그냥 잘 안 맞았던 거죠. 우리한테 필요한 건 코인이 아니라 현금이니까."

"아뇨, 딴 애들은 몰라도 걔네는 또라이 맞죠. 애초에 말이 안 되잖아요? 눈에 보이지도 않고 만져지지도 않는 걸 몇 백억 가치가 있다고 하는 게요. 뜬구름 잡는 소리도 좀 그럴듯해야 들어줄 마음이 생길 텐데……."

'그런데 그건 우리 모두 마찬가지 아닌가요, 눈에 안 보이고 손에 잡히지도 않는 걸 쫓으며 하루하루 사는 건……'이라는 말이 머릿속에서만 맴돌았다. 나는 너무 지쳐서 집에 돌아가자마자 잠들었다. 저녁도 먹지 않은 채 그대로 잤다.

그 제안을 거절한 뒤 한동안 비트코인이 하룻밤 사이 얼마가 올랐느니, 블록체인이 얼마나 대단하고 위대한 기술이며, 지금이라도 늦지 않았으니 빚을 내서라도 투자해야 한다느니 하는 말들이 각종 소셜 미디어와 커뮤니티에 쏟아졌다. 머 잖아 고향에 있는 친구들 중에서도 일 년간 모은 적금을 깨서 코인을 샀다는 녀석이 나왔고, 또 다른 친구에겐 부모님을 설득한 끝에 전세자금까지 빼서 코인을 탔다는 얘기도 전해 들었다.

나는 그런 친구들의 결정이 훗날 어떤 결과를 가져오는지

와는 관계없이 무척 슬픈 기분이 들었다. 고등학교를 함께 다닐 때만 해도 게임기획자와 사회적기업가였던 두 친구의 꿈이, 이제는 그런 코인으로 대박을 노리지 않으면 안 될 만큼 쪼그라들었나 하는 생각이 들었다. 그런 와중에 알바비로, 회사에서 주는 월급으로 찔끔찔끔 모아가며 꿈을 이루는 것이 불가능하다는 사실과, 그런 현실을 너무나 잘 알고 있는 우리들이 처량하게만 느껴졌다.

한때를 풍미했던 대세들도 시간이 흐르고 나면 고꾸라져 제자리로 돌아가게 되어 있었으니 비트코인도 예외가 아니었다. 떨어질 기미 없이 매일 떡상 행진을 이어가던 암호화폐들은 하루아침에 시세가 반토막 나는 등 날개 없는 추락을 거듭했다. 대중매체들은 '김치 프리미엄, 20~30대 젊은 세대의 일확천금주의가 빚어낸 촌극' 같은 제목을 가져다 쓰며 신나게 물어뜯었다. 엎친 데 덮친 격으로 코인거래소의 대규모 해킹 사례가 공개됐으며, 돈도 잃었는데 출금까지 정지당한 사람들이 거래소 운영사 건물 앞에서 맨몸시위를 벌였다. 서울역에서 기차를 기다리던 어르신들은 로비의 TV 모니터를 쳐다보며 혀를 쯧쯧 찼다.

"요즘 젊은 사람들이 참 얄궂다, 얄궂어. 세상을 그렇게 편하게만 살려고 하니 저 난리가 안 날 수가 있나?"

· · ·

코인토스Cointoss는 축구경기의 킥오프 전에 볼 소유권을 나누거나 보드게임에서 선후공을 정할 때 자주 쓰이는 방법 중 하나다. 동전을 던져 앞면 혹은 뒷면이 나올 확률은 각각 이분의 일이다. 성공할 확률도 실패할 확률도 모두 절반씩이므로, 언뜻 보기엔 아주 공평하고 합리적인 방법처럼 보인다.

그러나 스포츠나 게임이 아닌 누군가의 인생이 판돈이 될 경우에는 얘기가 달라진다. 예컨대 길을 걸어가던 당신에게 누군가 다가와 동전던지기의 결과를 맞히면 10억 원의 돈을 주는 대신, 틀릴 경우엔 5년간 수감생활을 해야 한다고 하면 어떨까? 아마도 대부분의 상식적인 사람은 그런 제안 따위 거들떠보지도 않을 것이다. 그다지 확실하지도 않은 동전의 앞뒷면에다 남은 인생 전부를 건다는 건 합리적이지도 않거니와 매우 무모한 행동이기 때문이다. 10억 원은 분명히 큰돈이지만, 자신이 그리는 꿈이며 이상, 지켜야 할 사람과 가치들, 매일 조금씩이나마 발전하고 있는 자신의 모습과 보람이 더 소중하다는 건 구태여 덧붙일 필요도 없는 말이다.

헌데 그런 터무니없는 제안이 솔깃하게 들리고, 나아가 말도 안 되는 도박에 달려드는 사람은 어떤 부류의 사람들일까?

도박이라는 행위 자체에 흥분하는 사람도 있기야 할 것이다. 다만 그보다는 꿈도 없고, 최선을 다해 지켜야 할 사람이나 가치도 없으며, 자신에게 펼쳐진 미래가 암울하며 더 나아질 가능성이 없다고 느끼는 사람이 더 많지 않을까? 그래서 동전던지기 같은 터무니없는 게임조차 '운명을 반전시킬 수 있는 마지막 기회'처럼 여기게 된 것은 아닐까?

허영만 화백의 장편만화 〈타짜〉는 총 4부로 구성되어있다. 1부에서 4부까지 어느 것 하나 빼놓을 수 없는 작품이지만, 그 중에서도 내가 가장 재밌게 본 건 대미를 장식한 네 번째 챕터다.

'벨제붑의 노래'라는 부제를 달고 진행되는 4부는 카이스트 출신의 두 청년의 이야기다. 회사를 창업한 지 수년 만에 수백억 원 가치를 지닌 회사의 공동대표가 되지만 그중 한 명은 절친한 친구의 배신으로 인해 해외출장길 도중 국제미아 신세로 전락해버린다. 거기에 현지의 장기밀매단에게 납치돼 꼼짝없이 죽는 것밖엔 도리가 없어 보이는 상황. 주인공은 눈앞의 악당에게 다음과 같이 외친다.

"……마지막 부탁이다! 똥끗 한 번만 보게 해 줘!!(…중략…)

내 주머니 속에 500원짜리 동전이 있어! 던져서 앞면이 나오면 당신들 맘대로 해! 눈알을 뽑아가든 간을 빼가든 맘대로 해!

(뒷면이 나오면?) 나에게 사흘만 시간을 줘!"

주인공의 마지막 호소를 들은 악당은 코웃음을 치면서, 그런 건 공정한 게임이 아니라고 대꾸한다. 그러고 나서 숫자가 나오면 눈알, 그림이 나오면 콩팥, 동전이 발딱 서면 자유의 몸으로 만들어주겠다며 선심을 쓰듯 말한다. 게임을 제안하는 사람도, 조건을 정하는 사람도 모두 상대방이지만, 그런 확률에라도 걸어야 할 만큼 절망적인 상황이라면 뭐라도 거는 수밖에 없는 것이다. 설령 그게 눈에 보이지도 않고, 이렇다 할 실체도 없으며, 다른 사람들이 이해도 못하고 한심하게 바라볼 만한 것일지라도 말이다.

사람들은 도박으로 큰돈을 잃은 사람들을 비난하면서도, 정작 그런 사람들이 어떤 상황에서 노름에 빠졌는가 하는 데는 별 관심이 없다. 그런 상황에 처한다고 누구나 도박을 하는 건 아니라는 말로 속 편한 이야기를 하는가 하면, 모든 실패가 무서워 움츠러든 젊음에겐 리스크를 감수하지 않는다고 비판하기도 한다. 그런 것쯤이야 수긍할 수 있다. 스스로 한 선택에는 스스로 책임질 수 있어야 어른이다. 우리는 소싯적부터 그렇게 배우며 자라왔다. 그런 건 모르려야 모를 수도 없다.

그럼에도 추레한 변론을 덧붙이자면 이렇다. 잘못은 어디

까지나 잘못이지만, 당신네 어른들로부터 태어난 젊음들에게
모든 죄를 덮어씌우는 건 너무하지 않느냐고. 어떤 코인에라
도 인생을 걸어 던질 수밖에 없는, 동아줄 아닌 지푸라기라도
붙잡게 만드는 우리 시대의 책임도 아주 조금은 있지 않겠느
냐고.

PART ———— 3

내 좁은 화면 속의 바다

이 력 서

정지원 Jiwon kim 貞地原 **1998.12.26**

📞 010-1234-5678

@ Jlovely98@nate.com   🐦 twitter.com/JwhyLuv

📍 대전시 유성구 대학로 55-31

학력사항 최종학력 : ○○대학교 (4년) 졸업

재학기간	학교명 및 전공	학점	구분
	학벌주의에 반대하며 학력을 기재하지 않습니다		

활동사항

기간	활동 내용	활동구분	기관 및 장소
	없음		

자격증

취득일	자격증 / 면허증	등급	발행처
2009	워드프로세서	2급	대한상공회의소

가족사항

관계	성명	연령	직업	직위
부	정낙원	60	무직	별거 중
모	지혜옥	43	자영업	-
남매	정혁원	19	고등학생	-

위에 기재한 사항은 사실과 틀림이 없습니다.

2020년 10월 10일 성 명 : 정지원 (인)

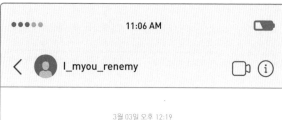
3월 03일 오후 12:19

댓글창에서 시비 ㅈㄴ 터시더니 답글달리니까 쫄리셨나봐요???

한시간이 넘게 답변이 없으시네ㅋㅋ

?????

시비는 뭔 시비에요

아니ㅋㅋㅋㅋ 님이 단 댓글이 시비가 아니라고요?ㅋㅋㅋ

제가 ○○○한테 단 댓글에다 전 재밌는데:; 이러고 가시지않으셨나요?

그건 저 맞는데

그게 시비인가요?

ㅈㄴ 시비인데요ㅋㅋㅋㅋㅋㅋㅋㅋ

아 뭐야 개어이없네

그딴 게 뭐가재밌다고 쉴드치고 난린지

전 진짜재미있어서 그랬는데요

○○○는 제가 좋아하는 사람이고요

아무 이유도 없이 씹노잼이라고 달고 도망 치신건 그쪽 아닌가요

한시간이 넘게 답변이 없으시네ㅋㅋ

아이돌 욕받이 해주느라 고생 많으시겠어요 아주 끼리끼리 노시네 저같음 그런 친구 있 었으면 진작에 손절했을텐데 수준참;;

그만하시고 꺼져주세요 바쁘니까

디엠더보내면 신고합니다

신고?ㅋㅋㅋㅋㅋㅋㅋㅋㅋㅋㅋㅋ

그래 신고 함 해보든가ㅉㅉ

내가 이거 진짜 계정인거같냐?ㅋㅋㅋㅋ

ㄲㅈ

ㅂㅅ;;

 ♡ 좋아요를 표시하려면 두 번 누르세요.

이상한 건 내가 아니라 너야

　새천년이 도래한지도 어언 이십 년이 지났다. 내가 초등학생이었을 때만 해도 2020년은 아스라이 먼 미래였던 동시에 눈부신 과학기술과 유토피아적 상상들로 대표되던 시기였다. 그렇게 머릿속으로나 그리던 시대가 들이닥쳤지만, 지금 내가 하고 있는 일이라는 게 기성 미디어의 대표 격인 출판물에다 '요즘 우리 세대는 뿔뿔이 흩어진 섬 같지 않나' 하는 소재로 글이나 써재끼는 것이다 보니 좀체 실감이 나지 않는 것도 사실이다. 아니, 그보다는 단순하게 〈백 투 더 퓨처〉에 등장했던 '하늘을 나는 차'나 '자동으로 신발끈이 묶이는 운동화'[1]같은 게 눈에 띄지 않아서일지도 모르겠다. 인류는 화성은커녕 달에도 재방문하지 않은 데다가, 집 안 청소를 대신 해주는 인공지능 안드로이드도 없지 않은가. 젠장…… 이딴 게 무슨 미래야?

하지만 그동안 인류가 두 손 놓고 제자리걸음만 하고 있었던 것도 아니다. 지난 이십 년간 우리 문명은 눈부신 발전을 이어왔으며, 나를 포함해 주위 사람들이 생활하는 방식에도 적잖은 변화가 이뤄졌다. 그저 그런 변화들이 너무나도 교묘하게 침투하다 보니 체감하기 어려울 뿐인지 모른다. 매일 마주치는 내 얼굴만으로는 조금씩 살찌고 있단 사실을 눈치채지 못하는 것처럼 말이다. 그간 얼마나 많은 것들이 바뀌어왔는지 정확히 알기 위해서는 오래된 사진이나 비디오로나마 과거로 돌아가 보는 수밖에 없다.

• • •

얼마 지나지 않은 과거와 비교해 가장 크게 진보한 것을 꼽을 땐 인터넷을 빼놓을 수 없다. 2000년대 초반, 개인 컴퓨터가 일반 가정에 보급되기 시작하던 시기의 인터넷과 지금의

---

1 이건 실제로 나오긴 했다는 모양이다.

인터넷을 비교해보면 실로 상전벽해라는 말이 어울린다. 온라인 서비스의 외관, 규모나 형태, 사용하는 방식과 계층, 소비 가능한 콘텐츠와 구동 디바이스에 이르기까지 바뀌지 않은 걸 찾는 게 더 어려울 만큼 많은 것들이 변화해왔기 때문이다. 특히 폴더 휴대폰의 세로형 화면이 가로로 기울어지는 걸 봤을 땐 어찌나 경악스러웠는지, '이 정도 기술력이면 외계인이 쳐들어와도 인간이 이길 수 있겠는데' 하고 생각했었다.

그런가 하면 무선 스트리밍으로 고화질 영화를 실시간으로 보는 오늘날까지도 나아지기는커녕 훨씬 더 골치를 썩이는 문제들이 있다. 특히 온라인상에서의 갈등은 더 직접적이고 노골적인 형태가 됐으며, 특정 인물이나 대상을 혐오하는 표현들은 하루가 다르게 늘었다. 악성댓글이야 전화선 연결해 PC통신 게시판 쓰던 시절부터 있어왔다지만, 요즘은 날이 갈수록 더 교묘하고 잔인한 형태를 띠고 있는 형국이다. 거기에 정치적, 사상적인 용도로 댓글 여론을 호도하는 세력도 생겼다고 하니 이제는 뭐가 진실이고 거짓인지도 분간하기 어려울 지경이다.

우리 사회에 산재한 다른 문제들과 비교했을 때 악성댓글의 심각성은 유달리 과소평가된 면모가 있다. 잘 모르는 어른들은 "댓글 그런 거 그냥 안 보거나 무시하면 되는 거 아니야?

왜 그런 걸 일일이 봐가면서 스트레스를 받고 그러는 거야?"
같은 스탠스를 취하기도 하는데 이거야말로 어느 커뮤니티에
서 일면식도 없던 사람과 별것도 아닌 거 가지고 부모님 안부
까지 물으며 사흘간 키보드 일기토를 벌여보지 않아서 생긴
오해다. 그나마 서로 욕을 주고받을 수 있으면 억울하지 않기
라도 하지…… 뉴스 기사 댓글 창 같은 곳에서 일방적으로 두
들겨 맞다 보면 스트레스 정도가 아니라 정상적인 일상을 영
위할 수 없을 만큼 엄청난 데미지를 입게 된다. 해보면 안다.
악플과 악플대처법이란 비유컨대 바이러스와 백신 같은 관계
다. 악플에 시달리던 연예인들이 그런 댓글들에 의연해질 즈음
이면, 악플러들은 그새 전에 없던 형태의 악플을 개발해 써먹
고 있다.

　인류가 가장 빠르게 발전하는 시기가 다름 아닌 전쟁 도중
이라는 의견이 있다. 서로 상대방을 최대한으로 엿먹이기 위
해 갖은 술수를 다 써먹다 보니, 인간이라는 종의 측면에서 보
면 급격히 성장한다고 볼 수 있다는 것이다. 실제로 제2차 세
계대전이 참혹한 대가와 함께 핵무기같이 가공할 만한 기술
을 등장시켰듯, 악플도 악플에 대응하는 이들에 맞춰 매년 더
악랄하고 교활한 방식으로 진화해왔다. 다른 어떤 목적도 없
이, 상대의 기분을 나쁘게 하기 위해서.

예를 들어 당신이 크리에이터라는 꿈을 새롭게 가져서 직접 기획하고 찍은 영상을 유튜브에 업로드했다 치자. 처음 올린 영상이니만큼 퀄리티도 좋지 않은 데다 최대한 재미있게 해보려던 것이 도리어 어색한 느낌을 주긴 했지만, 일단은 뭐라도 용기를 내서 올리는 게 중요하므로 곧장 실행에 옮긴 것이다.

아무튼 그렇게 올린 영상을 봤을 때 보통 사람이라면 '뭐야, 재미없네. 다른 거 보러 가야겠다' 하고 뒤로가기를 누른다. 그보다 좀 더 적극적인 성향을 가진 사람이라면 댓글을 달겠지만, '솔직히 노잼이네요. 다른 크리에이터랑 경쟁하려면 더 노력하셔야 할 듯' 정도 써 남길 것이다. 솔직히 이런 건 악플 축에도 못 든다. '재미없다'는 건 그냥 개인의 의견이기도 하고, 상대방의 기분을 무척 상하게 만들겠다는 의도도 없기 때문이다. 첫 도전이었던 당신으로선 상처가 될 수야 있겠으나 겨우 이 정도로 창작 의욕을 잃을 수준이라면 크리에이터 같은 꿈은 일찌감치 접는 게 나을지 모른다.

이보다 좀 더 꼬인 사람들은 본격적으로 당신의 기분을 잡쳐놓고자 댓글을 쓴다. 대강 내용을 상상해보자면 'ㄹㅇ노잼이다 진짜ㅋㅋ 이렇게 재미없게 영상 만드는 것도 능력이라면 능력이네'쯤 될 것이다. 이쯤부턴 확실히 악플이라고 할 만하다. 당신에 대한 명백한 악의가 느껴지는 데다, 조롱조로 당신이라는 인간 자체를 깎아내렸기 때문이다. 이거야 기분이 나쁠 수밖에 없는 댓글이니 삭제를 하든 키보드 배틀을 뜨든 뭐라도 조치를 취하는 것도 방법이다. 그러나 위의 댓글조차 악플러치곤 평범 그 자체에 지나지 않는다. 병원균에 비유하자면 결핵이나 수두쯤 될까? 상당히 치명적이긴 해도 꽤 오래전에 예방책이 나와서, 지금에서는 그다지 엄청난 위협이 되지 않는 뭐 그런 종류다.

그렇다면 정말 숙련되고 고차원적인 레벨의 악플러, 그러니까 할 일 없이 방구석에 처박혀 하루 온종일 남 신경 건드리는 댓글만 달고 다니는 인간이라면 어떤 식으로 악플을 달까? 나는 키보드 배틀은 몇 번 벌였어도 악플을 단 적은 없어서, 완벽하지는 않지만 굳이 흉내 내서 써보자면 이렇게 된다.

'지 딴에는 이런 것도 재밌다고 쿡쿡거리면서 올렸겠지? 우웩;;;'

'솔까 이런 건 네 잘못이 아니다. 너같이 재미없는 새끼 낳은 느그 부모 잘못이지; 넌 잘못 없으니까 기죽지 마라 알겠지? 앞으로도 파이팅!'[2]

---

2 이 두 댓글은 실제 악플 사례를 모방한 것이다.

이 지경까지 오게 되면, 당신은 이미 제정신이 아닐 확률이 높다. 제3자가 봐도 식겁할 만한 댓글을, 글을 올린 당사자로서 정면으로 마주한다는 건 상상 이상으로 혹독한 일이다. 소심한 사람이라면 깊은 트라우마가 생길 수도 있으며, 멘탈이 약한 경우 사실상 재기 불능 상태에 빠져버릴 수도 있다. 이런 악플에 매일같이 노출되는 연예인들이 공황장애와 대인기피증, 우울증에 시달리다가 스스로 생을 마감하는 건 유난스럽다기보다 지극히 자연스러운 반응에 가깝다.

· · ·

나 역시 젊은 세대인 만큼 여러 온라인 커뮤니티를 이용한 바 있다. 랜선 너머 이름도 모르는 인간과 우주에서 하등 쓰잘데 없는 소재로 밤새 키보드 배틀을 뜨기도 했으며, 뭇 연예인만큼은 아니더라도 많은 네티즌들의 동시다발적 질타도 경험해봤다. 하기야 사람이 살다 보면 실수 몇 번쯤은 하게 되기 마련이다. 그렇게 저지른 실수에 쏟아지는 비난은 얼마쯤 감수해야 하는 부분이기도 하다.

그러나 온라인에서 이뤄지는 정신적 폭력들은 '개인적 잘못에 대한 책임'으로 치부하기에 지나치리만치 잔혹한 면이 있다. 얼마쯤 나이를 먹고 나서는 자신의 언행에 뒤따라오는 책임도 직시해야 한다. 실수하는 과정에서 누군가에게 피해를 입혔다면 보상하거나 용서를 구해야 하고, 법을 어겼다면 죗값을 치러야 한다. 그렇다고 해도 처벌을 아무 상관관계도 없는 네티즌들이 집행하는 것으로 모자라서, 댓글과 트윗으로 돌을 던지는 행위를 아주 정당한 일로 여기는 경우가 비일비재하다.

비단 인터넷 사용이 익숙한 젊은 세대들만이 악플을 달고 다니는 건 아니다. 온라인 서비스가 제공하는 자유가 신세대들의 전유물이던 시대는 지나갔다. 당장 탑골공원 미루나무 벤치엔 백발이 성성한 할아버지가 스마트폰으로 유튜브를 시청하는 모습을, 중장년층이 대부분인 등산동호회가 단톡방으로 모임 일정과 사진을 공유하는 모습을 쉽게 볼 수 있다. 또 언제부턴지 포털 사이트의 인터넷 뉴스 밑에는 해당 기사에 어떤 성별과 연령층이 댓글을 달았는지를 표시해주는 기능이 생겼는데, 10대와 20대의 댓글 비율이 눈에 띄게 많은 분야라곤 연예와 스포츠 정도지 그 외 분야에서는 대개 30, 40대들이 과반수를 차지하는 모양새다.

다만 이 같은 중장년층들의 악플이 넋두리나 신세 한탄, 정치나 사회적 소재에 대한 분풀이로 표출되는 것과 달리 청년층이 다는 악플은 상대방에게 해를 입히겠다는 심리가 적나라하게 드러난다는 점에서 차이가 있다.

사실 악플들 사이에 우열을 정한다는 것도 퍽 웃긴 일이다. 그래도 사회적인 위험성으로 따져봤을 때는, 아무래도 청년층이 겪는 갈등 양상이 더 복잡하고 한층 치명적으로 보인다. 중장년층들의 악플은 현실 세계를 기반으로 한 문제로부터 등장해 실질적인 해결이 이루어짐과 동시에 누그러지는 부분이 있는 반면에,[3] 청년층의 악플은 가상세계에서 싹을 틔워 오프라인 현상으로까지 번지는 사례가 많기 때문이다.[4]

온라인 세계의 표현방식에는 제약이 거의 없다. 또 분리된 공간에 위치해 있는 만큼 물리적 안전을 보장받아 좀처럼 표면으로 드러나지 않았던 문제들이 보다 적극적으로 다뤄지기도 한다. 외부와 단절된 환경에서 자행돼오던 악습[5]처럼 여태 공간적인 제약 때문에 인지조차 하지 못했던 소재들도 논의

---

3 ex) "저런 썩을 놈들한테 집행유예를 준다는 게 말이나 되나? 사실상의 면죄부를 준 저 판사놈도 그런 판사가 있는 사법부도 전부 썩어빠진 고인물에 불과하네!" → "저런 후레자식들은 당연히 감방에 가야 맞는 나라지. 대법원이 잘 판결했네! 법이 솜방망이라지만 아직은 정의라는게 조금은 남아 있나 봅니다~"

4 정치사상적 갈등이 광화문 맞불집회로 이어지거나, 커뮤니티 내에서의 말싸움이 실제 주먹다짐(소위 말하는 '현피')이나 상해 사건으로 이어진 경우를 예로 들 수 있을 것이다.

대상이 되고, 불특정 다수의 사람들이 경각심을 가지게 되는 계기로 발전하는 경우도 있다.

그러나 반대로 말하면, 온라인상에선 직접 보거나 체험해 본 적도 없는 존재와 현상에도 쉽게 가치 판단을 내릴 수 있다는 이야기이기도 하다. 가령 살면서 동성애자를 만나보거나 직접 대화해본 적이 없는 사람이라도 각종 커뮤니티에 돌아다니는 악의적 콘텐츠들[6]을 접한 즉시 호모포비아Homophobia[7]가 될 수 있고, 연애경험이 한 번도 없는 10대 학생들도 이성에 대한 비난 여론을 목도한 뒤부터 비혼주의를 지지하게 되며, 타 지방 사람과 관계를 전혀 맺지 않았던 이들도 출구 없는 지역감정에 젖어드는 것이다.

누군가 잘 알지도 못하는 것에 혐오를 갖게 되면, 그에 대한 반작용으로 혐오를 혐오하는 세력도 생기게 된다. 90년생을 중

---

5 대표적인 경우로 대학교 새내기들을 대상으로 한 '술 강요'와 '똥군기'를 들 수 있다. 2010년 초 중반 소셜 미디어를 통해 피해사례가 알려지면서 급격하게 수그러든 사례다. 요즘 오리엔테이션에서 대놓고 술을 강요하는 선배가 있다면, 얼마지 않아 대나무숲과 익명 대학교 커뮤니티에서 이름이 오르내릴 것이 자명하기 때문이다.

6 게이들의 에이즈 발생률이나 관련 다큐멘터리 캡쳐본, 숙박업소에 있는 샤워기로 관장을 해 위생 상 피해를 주고 다닌다는 괴담 등이다. 사실 여부를 차치하고서라도 악의적인 편집과 유포라는 점은 명료하게 느껴진다.

7 동성애혐오자.

심으로 벌어지는 온라인상 갈등에는 확실한 원인이 없으며 명료한 해결책도 없다. 이젠 그런 싸움이 어디서 시작됐는지조차 알 수가 없다. 젊은 세대들의 댓글 전쟁은 이런 점에서 소름끼치도록 무섭고 슬프다. 어느 순간부턴 비판을 위한 비판, 혐오를 위한 혐오만이 연속되기 때문이다.

· · ·

사람은 자신이 생각하는 것만큼 이성적이지도, 합리적이지도 않다. 혹자는 욕먹는 사람에게도 일부분 책임이 있으며 사람들이 아무 이유 없이 욕하는 경우는 없다고 말하지만, 인간은 본디 모순적이고 결함투성이인 존재로 세상에 태어났다. 별다른 이유 없이 타인을 미워하며, 그렇게 혐오하게 된 대상에 어떻게든 이유를 갖다 붙이며 스스로를 정당화하기도 한다. 자신의 기준과 맞지 않거나 마음에 들지 않는 사람을 '틀린 존재', '잘못된 존재'로 만들어가면서까지 자아를 보존하려 든다. 이런 것들은 일부 사이코패스 또는 우리 같은 젊은 세대들에게서나 발견되는 비도덕성이 아니라, 역사적으로 증명된 인류 본연의 속성이다. 불과 일이백 년 전만 해도 사회에 선명했던 유색인종 차별, 골상학, 제국주의와 이념갈등, 또 수백

년 전의 마녀사냥과 종교전쟁처럼 말이다.

여전히 온라인에는 많은 네티즌, 디지털 문화에 익숙한 젊은 세대 다수가 초지일관의 신념과 원칙이 있는 현대시민 행세를 하곤 한다. 지금까지 진보적 가치를 표방해왔다면 보수 측 정당과 소속 정치인들을 욕하는 것이 당연하며, 자신을 비건이라 밝힌 뒤엔 고기 먹는 사람들을 비꼬고 힐난할 권리가 생긴다고 착각한다. 혐오는 그렇게 전염되고 재생산된다. 명확한 이유와 원칙은 명분일 뿐이지 실상은 부정적 감정을 애먼 곳에 해소하는 것 이외에 아무 것도 아니다.

그래서일까? 우리 청춘들에겐 막연히 싫고 밉고 혐오스러운 것들만 유독 많다. 멸치와 파오후,[8] 한남충과 김치녀, 일베충과 꼴페미, 틀딱과 급식, 유모차부대와 태극기집회, 동성애자와 기독교 신자, 여성가족부와 국방부, 상사의 꼰대질과 신입사원의 여우짓, 아이폰 유저와 갤럭시 유저, 쪽바리와 짱깨, 개빠와 캣맘, 부먹과 찍먹, 핵인싸와 아싸, 수시충과 정시충, 힙찔이와 락찔이, 조선족과 검머외…… 흰색과 검은색, 정답과 오답, 합격과 불합격, 성공과 실패까지.

---

8   살이 많은 사람을 지칭하는 온라인 은어. 뚱땡이 정도로 이해하면 편하다.

어쩜 우리 세대는 공부하는 기계가 되길 바라서, 지금에 와서는 매일을 이분법에 의존하지 않으면 살아갈 수 없게 돼버린 건지도 모르겠다. 0과 1, 무수한 양자택일에 시달리며 돌아가는 컴퓨터처럼. 짧은 인생 속에서나마 사랑하고 좋아하는 것보다, 매일같이 지우고 걸러낼 것들만 골라내는 이유도…… 그냥 그래서일지도 모르겠다. 우리에겐 늘 모르는 것들밖에 없다.

Instagram

l_myou_renemy

euginei24님 외 여러 명이 좋아합니다

l_myou_renemy 최근 한프로그램에 나와서 대세연예인 소릴듣고있는
○○○에 대해 고발합니다. ○○○는 대전에 있는 △△고에 다니던 개양아치였
고요. 같은 반애들한테 학교폭력을 쉬는 시간마다 행했고 근처 공고에 질나쁜 언
니들이랑 어울려다니면서 하루에 담배도 한갑씩 피우는 등... 더보기

#부디널리퍼트려주세요 #○○○실체 #○○○학폭 #○○○해명해

정보의 바다에도 쓰레기 섬은 있다

굳이 여기서 지구환경에 관한 이야기를 꺼내고 싶진 않다. 나는 태어나길 문과로 태어나서 오존층이나 해류의 흐름 같은 과학적 사실은 알지도 못하고 이해도 못하기 때문이다. 태평양 군데군데에 인간이 바다에 버린 쓰레기가 쌓여 섬을 만들었으며, 대한민국의 약 14배에 달하는 크기[9]로 해류를 따라 둥둥 떠다닌다는 사실은 지극히 문과적인 발상으로부터 나왔다. 난 그냥 이 책의 테마가 섬이니까 적당히 글에 섞어보면 재밌을 것 같았다. 이해하고 읽어주길 바란다.

9 위키백과 한국어판. 인류가 만든 인공물 중 가장 큰 것이라는 서술도 있는데 사실인지는 모르겠다.

2020년대의 현대문명, 현대적 도시에서 현대인으로 살아가기 위해서는 애써 외면해야 할 질문이 몇 가지 있다. 이를테면 우리가 매일같이 버리는 쓰레기들은 어디로 가는지, 편의점 도시락을 전자레인지에 돌릴 때 나오는 환경호르몬이 우리 신체에 어떤 악영향을 미치는지, 우리는 어떻게 휴대폰 화면을 툭툭 건드려서 우주공간의 인공위성과 실시간으로 막대한 양의 정보를 주고받을 수 있는지, 은행과 카드사들이 얼마나 쉽게 돈을 벌고 있는지, 또 그런 와중에 가난한 사람들에겐 어찌나 쪼잔하고 표독스러운지, 매일 열 시간 가까이 리어카를 끄는 할머니가 하루 동안 모은 박스를 팔아 받는 돈이 얼마 남짓인지 같은 것들은 인지하고 있더라도 힘들어 떠올리지 않는 쪽이 정신건강에 한결 이롭다. 그렇지 않고서야 아무런 감회 없이 빅맥 세트를 먹어치우고, 반나절 동안 침대에 누워 모바일 게임을 조작하고, 또 특별 행사를 이용해 3~4퍼센트의 금리로 긴급생활자금을 대출하는 일들을 모두 해내기란 불가능에 가깝다.

우리는 오늘 괴롭지 않기 위해 어제 느꼈던 슬픔을 잊어버린다. 그래야 내일을 살아갈 수 있기 때문일 것이다. 헤어진 연인에 대한 기억이 수년이 지난 뒤에도 뚜렷한 데다, 이별한 첫 날과 다름없는 슬픔이 매일매일 이어진다면 어떻겠는가?

그런 면에서 망각이란 우리 머릿속 뇌의 한계임과 동시에 혜택이자 배려기도 하다. 한때 나 자신을 구성했던 찌질함, 옹졸함, 오만함과 열등감 같은 것들을 기억에서 지워버리고 미래에 더 나은 사람이 되기 위해 노력할 수 있게끔 만들어준다.

· · ·

기록은 기억과 다르다. 시간이 지나면서 모호해지거나 자기 편한 대로 왜곡되는 기억과 다르게, 파괴되고 불살라지거나 누군가의 손을 거치며 편집되지 않는 이상 작성된 그 시점 그대로 오랫동안 남는 것이 일반적이다. 사람의 성장에 따라 바뀌지도 않고, 새로운 관점에서 다시 서술되지도 않는다. 그 대신 기록이 남겨질 당시의 정서와 가치관을 반영하기 마련인데, 그래서 오늘날의 관점에서 과거의 기록을 볼 때 다소 비도덕적이고 반지성적인 단면이 도드라지기도 하는 것이다.

인터넷을 시쳇말로 정보의 바다라 부르던 시절이 있었다. 대양같이 광활한 데이터들이 곳곳에 널려 있고, 그 중에서 우리에게 필요한 정보만 가져와 쓸 수 있다는 비유적 표현이었다. 하긴 광활한 데이터가 곳곳에 펼쳐져 있다는 것은 예나 지금이나 비슷하다. 그 광활함이 인식의 허용범위를 넘어 가공할 속도로 팽창하고 있다는 점에서 정보의 바다보단 정보의 우주라고 부르는 쪽이 적절하지 않을까 싶지만, 처음에 바다라고 쓰기 시작한 이상 표현상 오해도 최소화할 겸 끝까지 써먹어보기로 한다.

정보의 바다가 실제의 바다와 무척 흡사한 점이 하나 있다. 아무렇게나 던져둔다고 해서 저절로 사라지는 법이 없다는 것이다. 바다에는 우리가 매일같이 쓰고 먹고 남기고 버리는 껍데기들, 공장에서 흘러나오는 폐수와 독극물, 방사능 물질과 처치 곤란의 폐기물들이 시시각각 버려진다. 바다는 우리 생각 이상으로 거대한 세계기 때문에 당장은 티가 나는 법이 없다. 우물에 검은색 잉크 한 방울을 떨어트린다고 해서 맑던 물 전체가 시꺼매지지 않는 것과 비슷하다. 그렇다고 우물에 떨어진 잉크가 온데간데없이 사라진 것은 아니다. 휘얼씬 많은 양의 물에 희석된 끝에 눈에만 보이지 않게 됐을 뿐이다. 그 잉크를 구성하고 있던 분자들은 고스란히 우리가 사는 세계 안에 남아 있다. 먼 훗날 우리가 미처 생각지 못했던 형태로 축적돼서, 어느 날 불쑥 모습을 드러낼 따름이다. 인류가 바다에 집어던진 뒤 까맣게 잊고 있었던 쓰레기들이 거대한 섬이 돼서 떠다니고 있듯이.

우리가 매일같이 보고 쓰는 인터넷…… 곧 정보의 바다도 마찬가지다. 지금 시대의 청년들이 중고등학교 교복을 입고 급식이나 먹고 다니던 시절 인터넷 모처에 남겼던 게시물과 댓글, 잠깐 만들어놓고 까맣게 잊어버린 이메일 주소, 블로그와 카페도 웬만하면 그대로 남아 있을 것이다. 어떤 것들은 휴면상태가 되면서 작동을 중지했을지 몰라도 어딘가 있을 데이터베이스에는 빠짐없이 저장돼 있을 공산이 높다.

소셜미디어의 시초 격이자 2000년대를 풍미했던 싸이월드가 서비스 종료를 앞두고 화제가 됐던 사건도 특기해둘 만하다. 당시 정성을 다해 꾸며놓았던 미니홈피에, 이제 와선 손발이 오그라들다 못해 평생의 놀림감이 될 만한 흔적들이 잔뜩 쏟아져 나오는 통에 뭇 젊은이들이 경악을 금치 못했다. 대부분이 일기장처럼 썼던 게시판과 사진첩을 일촌공개로 가려두지 않았더라면 엄청난 파장을 불러일으켰을지도 모른다. 지금도 캡처본으로 떠돌아다니는 또래 연예인들의 흑역사들, 허세가 뚝뚝 묻어나 만인의 웃음거리가 된 게시물들로 미뤄 봤을 땐 미니홈피 서비스가 적자를 면치 못해 영영 폐쇄된 것 자체를 다행이라 여기는 사람도 적지 않았을 듯하다. 싸이월드 관계자들에겐 미안한 얘기가 되겠지만.

까놓고 말해서 페이스북과 인스타그램, 트위터 같은 소셜 네트워크의 시대가 도래한 요즘에 와서는 '내가 등신이었던 시

그러니까, 우리 갈라파고스 세대

절에 있었던 게 겨우 미니홈피랑 블로그 정도라서 참 다행이
야……' 하는 생각도 든다. 요컨대 누구나 어린 시절 멍청하고
어리석었던 시절, 그러니까 등신이었던 시절이 있는 법이지
만, 우리 세대의 경우 적어도 지금보단 은밀한 등신[10]이었던
셈이다.

· · ·

요즘은 세상에 존재하는 거의 모든 것들이 실시간으로 기
록되는 느낌이다. 소셜 미디어 유저들이 자발적으로 올리는
정보들 외에, 단지 스마트폰을 사용하는 것만으로도 위치 정
보와 활동량, 심박수, 최근에 들은 음악과 요즘 흥미를 가지게
된 콘텐츠, 이틀 전에 구매한 생수의 계좌이체 내역까지 알아
낼 수 있다. 게다가 나는 몇 달 쯤 전에 우연히 싼 값에 구매한
스마트밴드를 차고 생활하고 있어서, 매일의 심박 수와 수면
패턴까지 기록으로 남아 있는 상태다. 어지간히 기술이 발달

---

10 이건 미국의 한 스탠드업 코미디언이 사용한 표현이다. 각자 지우고 싶은 과거가 있다는 건 세
    계 어느 문화권에서나 비슷한 모양이다.

해 참 편한 세상이 됐다 싶다가도, 그런 정보들이 나중에 어떤 방식으로 되돌아와 숨통을 조일지 모른다는 불안감이 엄습하기도 한다.

내 관점에서 인간은 기본적으로 멍청한 원숭이다. 노상 겉으로는 있어 보이는 척, 만물의 영장인 척, 다른 동물들과는 근본이 다른 척하며 살아가지만. 순간의 욕구에 지배되고 은밀한 유혹에 이끌리는 한편 외로워지는 걸 두려워하고, 쉽게 우울해져서는 무작정 의지할 대상을 찾아 헤매기도 하는 걸 보면 영락없는 동물이다. 그래서 삶이란 걸 살다 보면 머저리 같은 실수를 저질러 다른 사람에게 피해를 입힐 수도 있으며 생각지 못한 사건으로 고초를 겪을 수도 있다. 중요한 건 그런 실수를 발판 삼아 하루하루 더 나은 동물이, 내가 되고자 하는 사람을 향해 조금씩 다가가는 삶을 사는 것이라고 나는 생각한다.

그러나 기술이 발전하면 할수록, 우리가 사는 세계는 전보다 더 실수에 냉정한 사회가 되어가는 모양이다. 사람이라 잘못하고 어긋날 뿐인데. 하물며 기계조차 때에 따라 실수하고 일을 망치는데. 요새의 청춘이란 기억 아닌 기록으로 남아서, 우리에겐 말 한 마디, 몸짓 하나가 너무 어려운 일이 돼버리고 말았다. 한바탕 실수할 때마다 수십 수백만 원의 돈을 들여 디지털 장의사를 고용할 수도 없는 노릇 아닌가. 인터넷에 있던 기록은 덮고 숨길 수 있을지언정, 어디 사람들 뇌리에 남은 기억은 마음처럼 된단 말인가.

2020년 3월 6일 금요일

 쓰레기

지원아... 미안해....

내가 잘못말햇어.....

전화좀받아 제발..

만나서 얘기하자...... 우리   오후 8:14

왜? 멍청하고 못생긴년이랑 뭘 더 대화하려고??

니 친구들 있는 단톡에서 나랑은 그냥 그짓할려고 만나는거라며

오후 8:25

 쓰레기

실수라니까;;;   오후 8:26

양심도 없네 진짜

진작에 개념없는줄은 알고있었는데 이정도 일줄은 몰랐다 정말

넌 실수를 다섯 번씩이나해?

그렇게 빡은 말이나 찍찍 해대면서 여자랑 몸은 섞고싶디?

오후 8:39

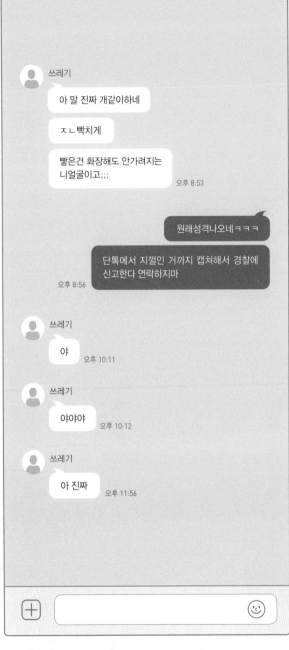

상처받긴 싫지만
섹스는 하고 싶어

시대가 시대이니만큼 매해 성性적으로 열린 사회가 되어가는 양상이다. 그럼에도 미디어가 섹스라는 단어나 소재를 다루는 모양새를 보자면 조심스러운 걸 넘어서, 어쩐지 콘텐츠 소비자를 바보 취급한다는 느낌도 없잖아 있다. 부디 내 글에서만큼은 그런 기분이 들지 않기를 바란다.

상대방의 눈을 쳐다보며 성관계를 갖는 영장류는 지구에 딱 두 종이 알려져 있다. 인간과 보노보Bonobo다. 오랑우탄과 침팬지와 비교했을 때 다소 생소한 종이긴 하지만, 모 다큐멘터리에서 들은 바로는 유전적 차이를 따지면 아프리카 코끼리와 인도 코끼리 사이보다 인간과 보노보 사이가 더 가깝다고도 한다. 학문적으로 그렇다는 걸 뭐라고 할 생각은 없으나

그러니까, 우리 갈라파고스 세대

호모 사피엔스사피엔스와 비견하려면 최소 청동기쯤은 들고 와줬으면 한다.

하여간 보노보는 인간과의 유사성 말고도 무척 흥미로운 의사소통 방식으로도 유명하다. 그중에서도 가장 주목할 만한 대목은 무리생활에서 섹스를 얼마나 유연하게 사용하는가 하는 점이다. 조금 전에 언급했듯이 성교 도중 서로의 눈을 쳐다보는 체위가 있다는 점도 그렇거니와, 관계를 가지는 빈도나 상황도 상상 이상으로 다채로운 걸 넘어 충격적인 수준이다.

보노보는 문자 그대로 '툭하면' 섹스한다. 관계를 갖는 파트너가 정해져 있지도 않다. 상황이 허락하는 한 어느 개체와도 자유롭게 잠자리를 가지는데 동성 간에도 예외가 아니다. 서로 호감을 가진 개체들끼리 섹스하는 건 말할 것도 없다. 식사한 뒤에 소화를 시키기 위해서도 아무 개체와 섹스를 한다. 처음 만나 데면데면한 상대와 금방 친해지기 위해 섹스하기도 하며, 무리 내외에서의 갈등과 서열 문제가 발생했을 때도 폭력보단 섹스를 나눔으로써 해결한다고 하니 "싸우지 말고 섹스해"라는 우스갯소리가 보노보들에겐 결코 농담이 아닌 것이다.

보노보가 이렇듯 유연하다 못해 뭇 사람들에겐 비윤리적으로 비칠 만큼 개방적인 성 문화를 갖게 된 데에는 나름대로의 이유가 있다. 보노보는 모계중심의 사회구조를 가지고 있는데, 오랜 시간동안 많은 새끼를 낳아온 암컷은 점점 서열이 올라 우두머리가 될 수 있다.[11] 바깥에서 먹이를 구해오는 일은 힘센 수컷들이 하며 가져온 먹이를 서열에 따라 배분하는 일과 육아를 암컷들이 도맡는다. 사실상의 공동육아체제인 것이다.

이렇다 보니 수컷들의 입장에선 '누가 자기 자식인지'의 여부란 정확히 알 수도 없고 중요한 문제도 아니다. 수컷들끼리 특정 암컷을 차지하고자 경쟁하는 일도 없다. 싸우지 않아도 언제 어디서든 섹스할 수 있기 때문이다. 오히려 경쟁은 암컷들 사이에서 은근한 형태로 일어난다. 암컷들은 평상시에야 서로 적극적으로 협력하고 교류하지만, 자신의 유전자를 더 오랫동안 남기고 싶은 것이 동물의 본능인만큼 그 공동육아체제 내에서도 자기 새끼를 우선적으로 돌보는 경향이 있다. 보노보 사회에는 유전자 대조 검사 같은 게 없어서 새끼 보노보의 아버지가 누구인지는 정확히 알 수 없지만, 새끼를 뱃속에서 그대로 낳아 기르는 포유류인 이상 어머니가 누구인지

---

11 침팬지무리가 수컷 위주의 가부장제로 굴러가는 것과 대조적이다.

는 너무도 명확한 까닭이다.

이런 보노보의 습성을 우리 인간사회에 대입해 생각해보면, 몇 가지 요소에서 고개가 끄덕여지는 측면이 있다. 문화권에 따라 다르긴 해도 역사 속에 등장하는 인류문명은 대부분 남성 중심의 가부장적 사회구조를 가지고 있었다. 아기가 태어났을 때 제일 중요한 것은 '아버지가 누구인지'였고, 아버지의 핏줄에 따라 사회 내에서의 계급과 역할이 결정되곤 했던 것이다. 한 가정에 한 명의 남성이 중심을 잡고, 육아는 공동이 아닌 각자도생으로 운영됐으며 아버지는 자신의 핏줄이 아닌 자식을 책임지는 경우가 드물었다.

그래서 어떤 인류학자들은 남성이 여성에 비해 상대방의 외도에 훨씬 예민하게 구는 것이나 의부증보다 의처증이 더 자주 조사되는 이유로 '포유류의 특성과 육아방식 사이의 괴리'를 들기도 한다. 아버지 입장에선 나 아닌 다른 남성의 자식을 키우는 것이 유전자 보존에 하등 쓸모없는 행위에 불과하지만, 어머니 입장에선 어떤 남성의 유전자를 품어 낳은 자식이든 간에 그 절반이 자신의 유전자라는 사실은 명백하기 때문이다. 이게 그럴 듯한 가설인지 터무니없는 낭설인지는 정확히 알 수 없으나 현대인의 입장에서 흥미로운 소재라는 점엔 이견이 없을 듯하다.

근 몇 년간 온라인상에서 드러난 젊은 세대의 젠더갈등은 전에 없이 격렬한 싸움으로 번지기 시작해 걷잡을 수 없이 민감하고 까다로운 사회현안이 된 형국이다. 이제는 어떤 미디어, 어떤 조직과 어떤 커뮤니티에 가든 젠더이슈로부터 완전히 자유로울 수 없는 수준까지 다다랐는데, 같은 땅에 발 딛고 사는 사람들 중 절반이 이성이라 애써 피할 수도 없는 주제라 할 수 있다.[12] 지난 십 년 동안에도 우리 사회의 얼마나 많은 것들이 변모했는지, 또 우리를 둘러싼 환경이 얼마나 많이 달라졌는지를 상기해보면 딱히 이상한 일은 아니다.

다만 기성세대의 시선에서는 청년층이 겪고 있는 젠더갈등이 몹시 이해하기 어려운 현상처럼 보일 수 있을 것이다. 아무렴 젊은 세대가 온라인과 오프라인에서 보이는 갈등 양상은 생경하다 못해 이중적인 면이 있기 때문이다. 요즘 남자들이 그렇게 여자가 싫었으면 왜 밤마다 홍대나 강남에 있는 클럽에 쏘아 다니는 총각이 많은지, 또 여자들이 그렇게 남자를

---

12 통계청에서 공개한 자료에 따르면 2020년 성비는 100.4로 거의 동일한 수준이다.

미워했으면 남자 아이돌 그룹의 콘서트장에 아득바득 자리를 채운 소녀들은 대관절 무엇이며, 발렌타인데이와 화이트데이, 빼빼로데이마다 와르르 팔려나가는 선물 및 편지지들과 크리스마스이브만 되면 껴안다시피 하고 길거리를 활보하는 커플들이 즐비한 모습, 그리고 온 숙박업소가 웃돈을 줘도 빈 방을 찾을 수 없을 만큼 꽉 들어차는 현상들까지 '상식적으로' 이해가 안 되는 것들이 많다. 다 떠나서 출산율이 1명 밑으로 떨어진 마당에, 수십 년 뒤에는 나라가 증발할 상황인데 더 사이좋게 지내진 못할망정 서로 욕이나 하고 자빠졌냐[13]는 생각도 들지 않을까? 내가 부모님 세대여도 그럴 것 같다.

일부 기성세대가 이와 비슷한 관점을 갖고 있는 이유는, 지금의 젊은 세대가 성에 대해 갖고 있는 관념이나 상식들이 이전과 다른 차원에 접어들었기 때문이다. 하기야 태어나고 자란 시대가 다른 만큼 인식이 달라진 일이야 당연하겠지만, 단순히 달라졌다고 말하기엔 뭣보다 결정적인 차이가 있다. 뭔가 매우 극적이면서 핵심적인, 그러면서도 묘하고 이상야릇한 차이. 이걸 뭐라고 설명해야 할지 참 애매하지만, 구태여

---

13 을지로에 있는 평양냉면 집에서 실제로 들은 말.

말로 옮겨 적자면 '정서적인 욕구와 물리적인 욕구의 분리'쯤
으로 말할 수 있을 것 같다.

이 말인즉 우리 세대는 무언가를 욕망하기 위해 반드시 좋아
할 필요는 없다는 것이다. 부모님 세대까지의 욕구란 정서적
인 영역과 물리적인 영역이 어느 수준 이상으로 합일돼야 한
다는 인식이 있었다. 좀 나쁘게 말하면 강박관념이다. 예컨대
무언가 먹고 싶을 땐 배가 약간이라도 고파야 하고, 어떤 사람
과 성관계를 맺고 싶다는 욕구를 인정하기 위해서는 아주 조
금이라도 그 사람을 정서적으로 사랑하고 있거나 결혼 또는
동거의 형태로 책임질 마음이 있어야 한다는 것이다.

거꾸로 말하자면 이미 배가 부른데도 그냥 먹고 싶어서 더
먹는다거나, 이렇다 할 병도 없고 사지도 멀쩡한데 일을 하지
않는다거나, 진심으로 사랑하지 않는데도 순간의 성욕에 못
이겨 정을 통한다거나 하는 일들은 부모님 세대에서 으레 글
러먹은 것으로 여겨졌다. 그래서 별 수 없이 욕구가 튀어나온
상황을 뒤에 가서 '정서적인 욕구'와 아귀를 맞춰 합리화하는
경향이 있기도 했다.[14]

그런데 자식 세대가 욕구를 인식하는 방법은 완전히 딴판
이다. 청년층은 비이성적인 욕구와 이성적인 필요를 쉽게 구
분 짓는다. 좋은 회사에 취직하고 싶어 하지만 회사 자체나 그

회사에서 하게 되는 일까지 좋아하려 들지 않고, 딱히 배가 고프지 않은데도 코딱지만한 알바비를 쪼개 한 끼 식사 가격의 케이크나 마카롱을 사먹는다. 돈이 없으면 대출도 받아 해외여행을 간다. 이미 있는 물건이라도 더 갖고 싶을 때는 기어코 구매 버튼을 누른다.

이런 차이는 성과 관련된 소재에서 유난히 두드러진다. 종교적 신념이나 개인의 가치관에 따라 조금씩 다르긴 해도, 주변 사람이 결혼은커녕 진지하게 연인 관계로 발전하고픈 생각이 없는 상대와 관계했다고 해서 '너무 생각 없는 행동 아니냐', '양심에 찔리지도 않느냐' 같은 핀잔을 하는 경우는 드물다. 클럽이나 밤바다에서 난생 처음 만난 사람과 몸을 섞곤 두 번 다시 만나거나 연락하지 않는다고 해도 어디까지나 개인의 선택일 뿐 도덕적으로 지탄받을 만한 일이라 생각지 않는다.

나아가 사적으로 연락하지 않고 오직 섹스를 위해 만나는 관계를 만들거나, 친한 이성친구로서 함께 데이트와 성관계

---

14 이를테면. 불륜을 저지른 뒤에 "그땐 너무 외롭고 쓸쓸해서 의지할 대상이 필요했다" or "진심으로 그 사람을 사랑했었다"라고 말하는 것이다. 인간적 욕구에 좀 더 솔직했다면 "갑작스런 성욕에 잠시 이성을 잃고 그런 행동을 했다"거나 "그냥 그 상황에서 상대방이 너무 섹시해보여서 저질러버렸다"고 이야기할 수도 있었을 것이다.

를 하면서도 서로의 사적인 삶에 침범하지 않는 케이스[15]도 있다. 누군가에게 피해를 주지 않는 이상 그런 행동은 일탈조차 되지 않으며, 오히려 그런 순간적 욕구에 솔직하지 않은 사람들[16]을 이해할 수 없다는 이들도 많다.

그래서 지금 이 순간조차 온라인에선 페미니즘Feminism과 안티페미니즘Anti-feminism이 격렬한 전투를 벌이고 있는 가운데 어떤 한 쌍은 오프라인 세계의 침대 위에서 그보다 격렬한 전투를 벌이는 것은, 그다지 이상하게 여길 일도 아니다. 섹스를 하기 위해 반드시 상대와 긴밀한 관계를 맺을 필요는 없다. 중요한 건 그저 대상이 가진 매력이 나를 사로잡기에 충분히 섹시한가 하는 부분이다.

물론 이런 인식적 변화를 젊은 세대에게서만 찾아볼 수 있는 건 아니다. 서양문화로부터 많은 영향을 받은 미디어 콘텐츠들, 실시간 연락이 가능한 무선통신 서비스, 상대방의 일상을 공유받을 수 있는 소셜 미디어, 즉석만남을 유도하는 모바일 애플리케이션 등 새로운 환경 안에 있는 모든 세대가 총체

---

15 Friends With Benefits. 줄여서 FWB라고 부른다.
16 혼전순결주의자, 채식주의자 등

적으로 겪는 과정에 가깝다. 등산동호회나 골프클럽 같은 사교모임이 중장년층의 만남과 밀회에 곧잘 이용된다는 걸 모르는 청년도 이젠 없다.

· · ·

나는 앞으로의 우리 사회가 건전한 성 문화를 함양해야 한다느니, 신성하고 소중한 성을 함부로 대하는 퇴폐적 풍조를 버려야 한다느니 같은 고리타분한 얘기는 하고 싶지 않다. 이런 개방적 인식에 적응하지 못하는 세대는 도태될 것이라느니, 장기적인 관점에서 성적 억압을 완전히 떨쳐내고 온전한 자유를 되찾아야 한다느니 하는 말들도 지루하긴 매한가지다.

오로지 슬픔뿐이다. 나와 우리 세대가 성을 포함한 거의 모든 방면에서 확장된 세계에 살고 있다는 건 멋진 일이지만, 앞서 말했듯이 소통기술의 발전이 실제 인간관계의 깊이를 장담해주지는 않는다. 육체적으로 더 쉽고 간단하게 가까워질 수 있는 세상이 되더라도, 정서적으로는 방어적이고 폐쇄적인 스탠스를 거듭하며 고립되는 사회라면? 과연 그런 사회를 고독하지 않다고 말할 수 있을까?

몸에 입은 상처들은 대부분 시간이 흐름과 동시에 아물고

낫는다. 그러나 정신적인 상처는 그렇지 않다. 아무리 긴 시간이 흘러도 낫지 않는 것들이 있는가 하면, 영 잊고 살던 것들이 떠올라 돌연 슬픔에 몸부림칠 때도 있다. 그럼에도 현실은 울거나 찌푸리거나 무표정한 젊음에 값을 치르지 않는다. 오직 밝고 명랑하고 친절한 청춘들에게만 돈을 지불한다. 이력서 증명사진 속의 청년들은 언제나처럼 괜찮은 척 엷은 미소만 짓고 있다.

우리들은 부모로부터 감당하기 어려운 슬픔을 물려받았지만, 슬퍼할 겨를과 방법 같은 건 여태 모르고 살았다. 슬퍼하거나 힘겨워하면 도태될 뿐이다. 아픔과 우울이 비정상적인 화학작용이며, 한시라도 빨리 떨쳐내고 지워내야 할 바이러스 같은 존재라면, 애초부터 아무것도 받아들이지 않는 쪽이 현명하다고 판단한 것이다. 세상 어떤 음식에 독이 들어 있을지 모르니 숫제 모든 식사를 링거액으로만 해결하는 꼴이다. 채워져야 할 것들은 충분히 채워졌다. 영양상으로도 아무 문제는 없다. 우린 깡마른 표정에 힘없는 웃음을 지어보이면서, 지켜보던 어른들에게 모든 것이 괜찮다고 말한다.

육체적 욕구는 완전히 채워지는 법이 없다. 진수성찬으로 배를 꽉꽉 채워도 하루만 지나면 허기가 진다. 아름다운 누군가와 몸을 섞고 체온을 나눈다 한들 머잖아 다시 외로워진다.

그러니까, 우리 갈라파고스 세대

삶의 대부분은 고통으로 이뤄져있으며, 쾌락은 이따금씩 찾아왔다가 눈 깜짝할 새에 사라져버린다는 모 철학자의 말이 실로 정확했던 것일지 모른다. 이 일련의 과정을 기계처럼 반복하면서, 함부로 슬플 수 없어 사랑할 수 없는 젊은이들은 정확히 이런 이유에서 쓸쓸하고 불행하다. 끝없이 팽창하는 우주 속, 별들 사이의 거리는 영영 멀어지기만 하듯.

인스타그램,
24시간 가면무도회

20세기 초중반의 서양을 배경으로 한 작품에 꼭 한 번씩 등장하는 장면이 있다. 화려한 복장으로 잔뜩 꾸민 남녀들이 눈가에 이상하게 생긴 가면을 걸쳐 쓰고 대화를 나누는 무도회[17]의 모습이다. 여기서 쓰는 가면은 보통 이마 아래서부터 인중 위까지의 얼굴을 덮어 가리는 물건인데, 역시 미려하고 사치스럽게 장식돼 있는 것이 특징이다.

무도회가면들은 끽해야 얼굴 절반쯤이나 가릴 뿐이지만, 그것만으로도 인상이 확 바뀌어버리곤 한다. 전에 알고 있던

17 또는 사교장.

사람도 쉽게 알아보기 힘들고, 복장이 중성적이라면 성별조차 가늠하기 쉽지 않다. 더 나아가선 가면 자체만으로 제법 신비로운 분위기를 자아내기도 한다. 당신이 가면 뒤에서 어떤 표정을 짓든지 간에, 상대방에게는 가려지지 않은 나머지 부분만 눈에 보이게 되므로.

가면에는 표정이 없다. 반토막 난 얼굴의 빈자리를 메우고 제멋대로 해석해버리는 건 오롯이 보는 사람의 몫이다. 아마도 사랑에 빠진 사람이라면 시작의 설렘으로 가득한 표정을, 소심한 사람이라면 자신을 압박하는 따가운 시선을 상상할 여지가 크다. 잘 보이지 않는 부분을 자신이 보고 싶은 대로 만들어내는 것 역시 사람의 습관이다. 뭇 남자들이 여자의 뒷모습만 보고 이상형의 얼굴을 상상하는 것처럼 말이다.

결국 가면을 쓰고 있는 사람끼리의 대화에는 도저히 좁혀지지 않는 한계거리가 존재할 수밖에 없다. 서로의 얼굴에 대고 말을 주고받긴 해도, 발신자의 의도가 있는 그대로 전달되기 어렵다. 웃으며 이야기해도 정말 기쁘게 느껴지지 않는다. 눈물을 글썽이며 찡그리고 있어도 슬픔이 전해지지 않는다. 그런 무도회장에서는 누구나 아름답고 괜찮은 사람을 연기한다. 그렇지 않은 사람들은 자연스레 밖으로 밀려나기 때문이다.

인스타그램의 성장비화는 IT업계에서 신화에 가깝게 여겨진다. 창업한 지 1년 반 남짓한 기간 동안 어마어마한 유저를 끌어 모으며 가능성을 증명했고, 그 결과 2012년 페이스북으로부터 10억 달러에 인수됐다는 얘기는 창업관계자들이라면 모르는 사람이 없을 정도로 유명하다. 한화로 1조 원이 넘는 거액이 투자될 당시 인스타그램의 전 직원 수는 스무 명도 채 되지 않았으며, 사장의 나이는 이제 겨우 스물여섯 살이었다고 하니 스타트업으로선 살아 있는 전설이나 다름없다.

이제 와서 대중들에게 인스타그램이라는 플랫폼이 가지고 있는 의미란 자잘한 부연설명이 필요 없다. 우리 세대는 인스타그램을 통해 주위 사람들이 어떻게 지내는지, 어떤 관심사를 갖고 있는지, 누구와 만나고 누구와 헤어졌으며 최근에 먹은 음식이 무엇인지를 알아낸다. 거기에 다이렉트 메시지로 짧거나 긴 대화도 주고받고, 새로운 사람과의 만남을 시도하기도 하며, 해시태그로 대세 연예인들의 소식과 최신 트렌드도 접하게 된다. 기실 젊은 세대는 인간관계와 관련된 대부분의 일을 인스타그램 내에서 처리할 수 있으며, 실제로도 그러고 있는 추세다.

인스타그램과 비슷한 역할을 하는 온라인 플랫폼은 과거에도 꽤 있었다. 직접 자신만의 웹사이트를 만들어 검색포털에 올리던 시절도 있었고, 블로그와 미니홈피도 오랫동안 우리 곁을 지켰다. 그러던 것이 2010년대 초반 트위터와 페이스북이 시장에 들어오면서 개인 간의 커뮤니케이션 방법에 지대한 변화를 가져왔고, 뒤바뀐 흐름을 정확하게 캐치하며 전 세계 사람들을 끌어 모은 것이 인스타그램일 뿐이다.

그러나 과거의 플랫폼들은 어디까지나 현실 세계를 보조하는 역할에 지나지 않았다. 블로그에 올라온 글이나 페이스북에 있는 피드로 그 사람의 근황쯤이야 쉽게 알 수 있지만, 그런 온라인상의 소통으로 '오프라인에서 면대면으로 이뤄지는 대화'를 대체할 수준까진 아니었다. 반면 인스타그램은 내용의 갱신 속도나 시각적인 편의성 등에서 이전에 있던 플랫폼들과 궤를 달리한다. 팔로워들에게 몇 초 전 봤던 고양이를 인스타 스토리로 찍어 공유하거나, 아주 동네방네 라이브 방송으로 "나 지금 고양이 봤다!!" 말해 알릴 수도 있다.

인스타그램은 자신의 건재한 모습을 드러내 보이고, 사람들의 반응으로 말미암아 지친 자신을 도로 일으켜 세우는 자존감 회복의 장이기도 하다. 또 블로그나 페이스북처럼 미리 무슨 말을 어떻게 해야 할지 생각하지 않고도 마음껏 나를 쏟아낼 수 있다. 그냥 주머니에 있는 스마트폰의 잠금화면을 풀고, 인스타를 켜고, 왼쪽으로 스와이프한 다음 카메라를 들이밀면 그걸로 끝이다. 때문에 인스타그램에서는 좀 더 사실적이고 생동감 있는 일상을 공유받는다. 수만 리 너머 멀리 떨어져있는 사람이라도 우리 옆집에 있는 사람보다 더 가까이 있는 것 같은 느낌을 받게 되는 것이다.

그래서인지는 모르겠지만, 인스타그램이 우리 삶에서 차지하는 파이가 커지면 커질수록 오프라인에서의 관계에 소홀해지는 경향이 있다. 하기야 인간에게 하루 동안 주어진 시간은 한정돼 있다. 마주앉은 상대의 눈을 똑바로 쳐다보며 마음속 깊은 곳에 있던 이야기를 꺼내 나누는 것과 스마트폰으로 인스타그램에 올릴 사진이며 글을 편집하는 일을 동시에 할 수 있을 만큼 현대인의 뇌가 부지런하지도 않다.

· · ·

내 삶을 공유하기 위해 감수하는 기회비용이 다름 아닌 내 삶이라면 참으로 아이러니하다. 간혹 젊은 세대 가운데서도 인스타그램 소통에 너무 심취한 이들은 오랜만에 만난 지인 또는 친구들을 코앞에 두고도 말없이 인스타 피드를 내려다보기도 한다. 기껏 시간을 내서 찾아온 사람으로선 불쾌하기도 하거니와 나중에 그런 사람들의 피드를 보면 무지하게 그

자리에 집중했던 사람인 양 사진과 글을 떡하니 올려놓는 경우가 있어 당혹스럽기까지 하다.

더 나아가 처음부터 그런 성향의 사람들만 잔뜩 모인 자리라면 먹음직한 음식을 시켜놓고도 먹는 둥 마는 둥, 제각기 손에 쥔 휴대폰 화면만 뚫어져라 처다보는 광경이 연출된다. 그래놓고 나누는 대화는 집단적 독백에 가까워 어색하기 짝이 없고, 그조차도 몇 마디 나누지 않아서 생판 남끼리 억지로 자리를 만든 것 같다는 느낌도 든다.

나는 다들 말없이 휴대폰만 처다보고 있는 그 감자탕집에서, 홀로 뼈에 붙은 고기를 발라내 먹은 기억이 오래도록 남았다. 서럽거나 울적했던 건 아니다. 그 자리에 있던 다른 사람들이 원망스러운 건 아니었다. 단지 짧은 만남 동안에라도 한마디 더하고, 한 걸음 더 친해지고 싶었던 자신이 처량하게 느껴졌을 뿐이다. 그날 먹은 감자탕이 어지간히 맛이 없었는지 대자 3개를 시켜놓고 냄비 하나도 비우지 못했는데, 집으로 가 인스타그램을 보니 다들 맛있게 잘 먹었고 다음에 꼭 다시 만나자는 얘기를 꺼내고 있었다.

나는 마음이 아파 휴대폰 전원을 꺼버렸다. 이제는 정말 현실의 삶이 인스타그램에서의 일상을 장식하는 역할로 전락해 버린 것이다…… 까지는 솔직히 오버겠지만. 여기선 젊은이들이 인스타그램에 보여지고 싶은 페르소나와 실제 영위하는 삶 사이에 조금쯤의 이질감이 있고, 그런 면에만 집중하다가 가끔씩 해야 할 말을 잊어버린다는 정도로만 써두기로 하겠다.

PART ———— 4

이젠 그랬으면 좋겠네

이 력 서

임준혁 Joonhyuk-lim 林俊革 **1994.06.06**

📞 010-1234-5678
@ sdgpq39@never.com
📍 부산시 사하구 장평로 344

학력사항 최종학력 : ○○대학교 (4년) 졸업

재학기간	학교명 및 전공	학점	구분
2014~2019	○○대학교 영문과	3.5	졸업
2010~2012	○○고등학교	-	졸업

활동사항

기간	활동 내용	활동구분	기관 및 장소
2019~2020	관련업무 및 사무보조	인턴	주식회사 ○○○
2014~2018	○○대학교 영어신문 동아리 'Pen'	부원	○○대학교 사범대학

어학

언어	시험	점수	기관
영어	TOEFL	80	ETS

병역

복무기간	군별 / 계급 / 병과	미필사유
2015~2016	육군 / 병장 / 취사병	-

가족사항

관계	성명	연령	직업	직위
부	임병철	60	사망(?)	-
모	장소화	52	주부	-

위에 기재한 사항은 사실과 틀림이 없습니다.
2020년 3월 15일 성 명 : 임준혁 (인)

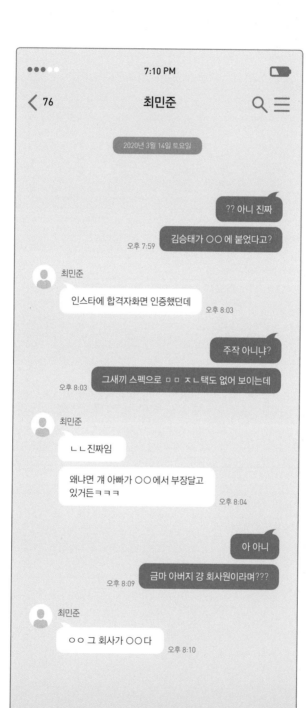

2020년 3월 14일 토요일

?? 아니 진짜

김승태가 ○○ 에 붙었다고?
오후 7:59

최민준

인스타에 합격자화면 인증했던데   오후 8:03

주작 아니냐?

오후 8:03   그새끼 스펙으로 ㅁㅁ ㅈㄴ 택도 없어 보이는데

최민준

ㄴㄴ진짜임

왜냐면 걔 아빠가 ○○ 에서 부장달고
있거든ㅋㅋㅋ
오후 8:04

아 아니

오후 8:09   금마 아버지 걍 회사원이라며???

최민준

○○ 그 회사가 ○○다   오후 8:10

아 진짜 엿같네 인생

나 작년에 ○○ 넣었다가 서류광탈 했는데 ㅅㅂ

오후 8:36

 최민준

ㅋㅋㅋㅋㅋㅋㅋㅋㅋㅋㅋㅋㅋㅋㅋㅋㅋㅋㅋㅋㅋㅋㅋㅋㅋㅋㅋㅋㅋㅋㅋㅋㅋㅋ

오후 8:37

웃지마라 처맞고싶나

오후 8:37

 최민준

ㅋㅋㅋ

오후 8:39

아 ㅅㅂ 술이나 마셔야겠다

오후 8:51

 최민준

같이 마시자   오후 8:59

당장 나와라

오후 9:15

누구는 3루에서 태어나
3루타를 친 줄 알지만

　누군들 3루에서 태어나고 싶어서 태어나는 것은 아니다. 다만 누군가 겨우 1루로 출루하기 위해 전력으로 질주할 때, 큰 차이 없는 노력과 의지만으로 유유히 홈플레이트로 걸어가는 사람이 있는 것도 사실이다.

　최소한 지금의 젊은 세대에게 빈부격차란 '기능론이냐 갈등론이냐' 혹은 '성장이냐 분배냐' 하는 사상적 헤게모니의 대결에서 그치는 것이 아니다. 젊은 세대가 즐겨 활동하는 온라인 커뮤니티에 〈금수저들은 몽땅 죽창을 찔러 죽여야 한다〉, 〈흙수저로 태어나면 아무리 노력해도 할 수 없는 일들이 대부분이므로 자살하는 쪽이 현명하다〉 같은 게시물들이 속출하는 현상은, 불과 수십 년 전 군부독재 시절의 대한민국이나 일제강

점기, 더 되돌아가 조선 후기에 있었던 계급갈등과는 사뭇 다르다.

이를테면 과거 유럽의 봉건제도나 제국주의가 지배하던 식민지에서 노동자 계층이 겪는 고통이란 물리적인 생존, 순환적인 착취구조, 종교나 인종을 명분으로 삼은 탄압, 차별, 학대로부터 말미암은 것들이 대부분이었다. 하기야 만인평등사상은 물론이거니와 세계인권선언도 없었던 시절이었으니, 어느 날 죽창을 들었다 쳐도 '인간은 태어나길 평등하게 태어났는데 누구는 힘들게 겨우 먹고사는 와중에 편하게 잘 먹고 잘사는 놈들이 있는 건 불공평하다. 그러므로 위력을 행사해서라도 지금의 사회구조를 한 번 뒤엎을 필요가 있다' 같은 당위보다야 '이렇게 살다간 진짜 죽을 수도 있겠다…… 뭐라도 해야지 안 되겠어' 같은 모종의 생존본능으로 인해 들었다고 보는 쪽이 한결 앞뒤가 맞아 보인다.

그런데 우리가 처한 상황은 어떤가? 인류의 식량생산 속도는 개체번식 속도를 아득히 넘어서 버린 지 오래며—그럼에도 여전히 많은 사람들이 인구론을 꽤 설득력 있는 주장으로 받아들이고 있는 것 같긴 하지만—경제규모로 따졌을 때 이미 선진국 대열에 접어든 대한민국의 경우 전 세계적인 관점에서 사회기반 시설, 복지, 치안, 교육에 이르기까지 상당한 수준을 갖추고 있다. 미국으로부터 식량 원조를 받던 시기를 지나 국민 대다수가 절대적 빈곤에서 벗어난 상태고, 인권 및 민주주의정신의 확산 덕분에 이유 없는 처분이나 노골적인 차별 역시 양반 상놈에 성골 진골까지 따지던 옛날에 비하면 비교하는 것이 민망할 정도로 크게 줄어들었다. 전후맥락 상관없이 그래도 예전보단 살기 편해졌다고 하더라도 전혀 틀린 말이 아니다.

보수적인 성향(보수와 진보를 따졌을 때의 말이다)을 가진 기성세대들이 청년층의 정신적 방황을 이해하지 못하는 이유는 대개 이런 맥락에서 튀어나온다. '우리처럼 제대로 굶어본 적도 없는 놈들이 불평불만만 많다'거나, '일도 제대로 안 하는 주제에 바라는 것만 무지막지하게 많다'는 주장들이다. 지금 가진 것들이 얼마나 어렵게 쟁취됐는지도 모르면서, 자기네들이 못 가진 것들만 생각하며 스스로 불행을 자초한다는 시선도 마찬가지다. 타고난 것들은 어쩔 수 없는데, 자신이 처한 상황에 최선을 다할 생각은 온데간데없이 그저 자신의 실패를 부모가 물려준 수저의 탓으로, 공정하지 못한 사회의 탓으로 돌린다고 말하기도 한다. 아직까진 젊은 축에 드는 내가 봐도 일부분 맞는 말이기는 하다.

그러나 우리가 사는 시대 그리고 세대가 겪는 고통들이라는 것은 절대적 기준으로부터 등장한 게 아니다. 앞서 언급했듯이 청년들이 불행한 이유는 불편과 결핍이 아닌 지나친 편의와 과잉에 보다 가깝다. 그 원인이야 관점과 시야에 따라서 무엇이든 엮어낼 수 있겠으나 여기서만큼은 인터넷의 보급과 그로 인한 대중 미디어의 초월적인 발달을 중점 삼아 이야기해보기로 했다.

좀 터무니없는 얘기 같지만, 우리 세대의 불행에 있어 실질적인 빈부격차가 과거에 비해 늘어났는지 아니면 줄어들었는지는 생각보다 중요치 않은 소재다. 지니계수가 얼마에서 얼마로 늘어났으며, 경제성장률이 몇 퍼센트 미만으로 떨어진 것이 몇 십 년만인가 하는 신문 기사들도 피부에 직접 와 닿진 않는다. 우리가 불행한 건 인생의 대부분을 노예 또는 일꾼처럼 살아야 해서, 유산자와 무산자 사이에서 발생하는 간극이 너무 커서, 과거에 그런 일들로나마 삶의 보람을 찾았던 이들이 무지하기 짝이 없는 인간들이라서가 아니다.

지극히 평범하고 평균적인 삶들을 불행하다고 여기게 만드는 것은 바로 어중간한 귀족적 삶이다. 무언가 생산할 필요 없이, 그저 그날그날 뭘 소비할지만 결정하면 되는 완전한 경제적 자유의 삶 말이다. 과거의 노동자들에겐 전혀 허락되지 않았거니와 실질적인 존재도 형태도 흐리멍덩했던 세계가, 이제는 TV와 인터넷, SNS와 유튜브 같은 콘텐츠 플랫폼을 통해 얼마든지 간접체험이 가능한 영역이 돼버린 것이다.

봉건제도 속에서의 농노나 평민들은 왕과 귀족들이 얼마나 사치스럽게 살아가는지 거의 알 수 없었다. 반면에 우리는 언제 어디서나 상위 1%의 삶이 어떤지에 대해 보고 듣고 노출된 채 살아간다. 하루 벌어 하루 먹고사는 건설노동자도, 타향에서 배달 아르바이트를 하며 학비와 생활비 일부를 마련하는 젊은이도, 나빠진 업계 사정으로 벌이가 시원찮아진 택시 기사도, 기실 모두가 알고 있는 것이다.

생산은 힘들지만 소비는 쉽고 즐겁다. 평범한 사람들 대부분이 인생의 얼마나 많은 부분을 원치도 않는 생산 활동에 쏟고 있는지, 또 그 대가로 얻을 수 있는 소비 시간이 얼마나 짧고 보잘 것 없는지, 더 나아가서 우리가 매일 힘겹게 생산해내는 재화며 서비스가, 운 좋게 훌륭한 환경을 타고난 극소수들로부터 얼마나 쉽게 얻어지고 소비되는 것인지, 이제는 모두가 알아버리고 만 것이다. 과시하고, 뽐내고, 누군가에게 부러움과 열등감을 불러일으킬 수 있는 삶만이 가치가 있다. 그렇지 못한 삶에서 어떤 의미를 찾아내는 일은 패배자의 추레한 자위 행위로밖에 보이지 않는다.

이 와중에 몇 년 동안 죽어라 열심히 일하며 한 푼 두 푼 아껴 모은 돈으로 집을 산다는 건 공상과학소설 또는 그에 준하는 시중의 자기계발서적에서나 나올 만한 일이다. 실제 우리 주변에 그런 사람이 있다고 해도 '지금 자기 명의의 집이 있다'는 사실이 부러운 것이지 '엄청나게 노력한 끝에 그런 목표를 달성해냈다'는 사실 자체를 부러워하는 사람은 드물다. 단순히 많은 일을 최선을 다해 오랫동안 하는 행위는 미련하고 아둔한 인생으로 평가받는다. 노동 자체가 신성하거나 존중받을 만한 것으로 평가되지 않기 때문이다. 노력의 가치는 처참히 훼손된 지 오래다.

오늘날 청년들의 희망사항은 적게 일하고 많이 버는 삶, 남들보다 불우하거나 열등하지 않은 삶이다. 인간관계와 취침 시간까지 포기해가며 부지런히 모은 1,000만 원보다는, 어느 날 복권에 당첨돼 덜컥 생긴 500만 원이 몇 배는 낫다고 생각하는 것이다.

· · ·

학창 시절 우리에게 학습된 사상은 분명히 현대적이라 할 수 있는 것들이었다. 그런데 현실은 여전히 전근대적 과도기에 위치해 있었다. 말하자면 학교 수업 시간에 '사람은 남녀노소 불문하고 자유롭게 사랑할 권리가 있다'고 가르쳐놓고, 정작 쉬는 시간 복도에 나가 보니 남학생과 여학생 한 명이 매질당하는 모습을 목격한 것이다. 그저 '학생의 본분을 잊고 불순한 이성교제로 면학 분위기를 해쳤다'는, 완전히 말도 안 되는 이유로 말이다. 여기서 주어지는 선택지는 크게 두 갈래다. 믿고 배운 것들을 신념으로 삼아 시대를 거스르든가, 그렇지 않으면 별 수 없는 현실을 받아들인 다음 나 자신을 감쪽같이 속이며 살아가든가. 어느 쪽이든 적이 힘들고 골치 아프다는 건 명백하다.

교과서에 나왔던 것처럼 우리가 정말 인간 대 인간으로서 평등하다면, 노력한 만큼 보상받으며 정의로운 사회에서 살아갈 권리가 있는 거라면, 각자가 가진 다름을 인정받으면서 이상을 추구하고 불합리한 차별로부터 자유로워야 마땅하다면, 어른이 된 우리가 전혀 그렇지 못한 현실을 목도했을 땐 대체 어떻게 해야 하는가? 환멸적 현실 앞에서 우리의 힘으론 아무것도 바꿀 수 없을 뿐 아니라 존재의미조차 찾을 수 없을 땐 당최 어쩌란 말인가? 그럼 우리가 교실에서, 강의실에서, 그 좁아터진 책상과 의자 사이에 부대낀 채 수 년 간 공부해왔던 건 대체 뭐였단 말인가.

그 시절 똘똘한 눈동자를 깜빡거리며 우주비행사가 되고

싶다던 아이들은 당최 어디로 사라졌으며, 동네에서 제일가던 천재소년이며 창의력대장들은 왜 서로 약속이나 한 듯 의사 아님 판검사가 되어가고 있는가…….

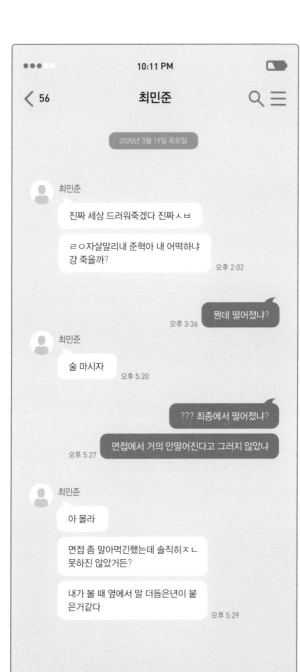

최민준

2020년 3월 19일 목요일

최민준

진짜 세상 드러워죽겠다 진짜ㅅㅂ

ㄹㅇ자살말리내 준혁아 내 어떡하냐
걍 죽을까?

오후 2:02

뭔데 떨어졌냐?

오후 3:36

최민준

술 마시자

오후 5:20

??? 최종에서 떨어졌냐?

면접에서 거의 안떨어진다고 그러지 않았냐

오후 5:27

최민준

아 몰라

면접 좀 말아먹긴했는데 솔직히ㅈㄴ
못하진 않았거든?

내가 볼 때 옆에서 말 더듬은년이 붙
은거같다

오후 5:29

오후 5:33

왜? 그걸 어케암

 최민준

왜긴 왜야 쿼터지

취업할 때 여자들 그냥 가산점받는거
모르냐ㅋㅋㅋㅋㅋ

오후 5:50

오후 5:51

와 그런게 진짜 있다고?

 최민준

당연하지 안그러면 말더듣고 면접붙는게
말되는 소리냐 그게

오후 6:03

개같네ㅋㅋㅋ 남자들은 걍 굶어죽으라 이건가

오후 6:09

 최민준

그니까;;;; 군대로 2년 말아먹은거 제대로
보상도 안해주면서

ㅈㄴ 화난다 술마시자

오후 6:21

오후 6:53

지금 간다

유리천장과 콘크리트바닥

20대 청년들 사이에서 젠더 이슈가 화젯거리로 떠오른 지도 제법 긴 시간이 흘렀다. 이전까진 온라인상에서, 대부분 일반 대중이 인지할 수 없는 공간에서 벌어졌던 성별 간 논쟁은 '강남역 묻지마 살인사건'을 기점으로 오프라인에까지 본격적인 영향을 미치기 시작했으며, 2020년대에 들어선 지금에는 젊은 세대의 일상 곳곳에 파고들어, 보다 복합적이고 고차원적인 사회문제들에도 불을 붙이는 모양새다.

사람들 사이에선 정말이지 별의별 이유들로 갈등이 빚어진다. 그래도 대체로 갈등이라는 건 주요한 당사자가 있는 법이어서, 비교적 이해관계가 없거나 희미한 제3자가 한 발짝 물러난 곳에서 사건을 중재해줄 수도 있다. 그런데 최근 온오프라인을 가리지 않고 벌어지는 성별분쟁의 경우 우리 사회에 널리고 깔린 오만가지 갈등들과는 다소간 차이가 있다.

인간이란 유성생식을 하는 포유류다. 어느 누구라도 태어날 당시에는 생물학적 성[1]을 가진 상태로 세상에 나오기 마련이다. 그렇게 구분된 성별은 성장 과정에 크고 작은 영향을 미치며 유년기의 인격 형성을 좌우하는 요소가 되기도 한다. 하기야 이건 성인이 돼서도 똑같다. 그저 성별이 맞지 않다는 이유만으로 원하는 직업에 종사할 수 없거나, 어쩔 수 없는 감정 작용에 관해 표현할 권리를 빼앗기는 일들이 벌어지는 것이다.

그래서 오늘날 대두된 성별갈등에 대해 완전히 발을 빼거나 수수방관할 수 있는 사람은 사실상 없다고 보아도 무방하다. 성이라는 개념 자체에서 자유로운 사람이 없기 때문이다. 노사분쟁은 회사와 노동조합 소속 사람들이 알아서 할 일이고, 최저시급은 한 시간에 1,000원 덜 버는 게 아쉬운 아르바이트생에게나 간절한 문제이지만. 성별만큼은 모든 사람에게 해당되면서도 가장 은밀하고 민감한 주제다.

---

1 성정체성과는 다르다.

성별이라는 개념은 태생적으로 불공평하다. 당장 우리 주변에만 해도 불공평한 것들이 얼마나 많은지, 차라리 성별에 상관없이 동등하게 적용되는 것들이 무엇인지를 세는 게 빠르지 않을까 싶다. 다른 뭣보다 복장 터지는 점은 '태어날 때 직접 결정할 수 없다'는 부분이다. 사람이 자신이 했던 말이나 행동에 책임을 지고, 그에 따른 결과에 순응해야 한다는 건 자명한 사실이지만, 성별이나 피부색 등 내가 딱히 뭘 하지도 않았는데 확률적으로 그렇게 돼버렸을 뿐인 것들에 의해 차별과 불이익을 받게 되니 당사자들로선 서러운 걸 넘어 피가 거꾸로 솟을 수밖에 없는 일이다.

또 남성과 여성의 구분은 그저 염색체 하나의 차이로 정해진다. 그런데 그렇게 확률적이고 우연적인 요소가 그 사람이 사회 속에서 가지게 될 역할과 성향을 상당 부분 결정지어버린다. 갈기를 달고 태어난 숫사자가 위용 있는 겉모습과는 다르게 일평생을 암사자에게 바가지 긁히며 살 수밖에 없는 처지이듯이 말이다.[2]

이런 연유로 어떤 사람들은 자연법칙 자체가 불평등의 본

---

2 힘 자체는 숫사자가 더 세긴 해도 먹잇감을 구해오는 일은 암사자들의 몫이다. 숫사자는 거추장스러운 갈기 때문에 사냥이 어렵기 때문이다.

산이며, 이런 세상에 태어난 이상 어느 정도의 불공정성은 감수하며 살아야 한다고 주장하기도 한다. 수억 년 전 지구를 지배하며 포유류를 영양 간식으로 섭취했던 공룡들이나, 그 공룡들의 후손 뻘되는 닭들을 갖다가 자글자글 끓는 기름에 튀긴 다음 국가대표팀 경기가 있을 때마다 먹어대는 사람들이나 태어나길 그렇게 태어났을 뿐 그런 근본적 불평등 전부에 문제의 소지가 있는 건 아니라는 것이다.

  ……인간이 말하는 걸 가만히 듣다 보면 이중적인 부분이 많다. 어떤 사건에 대해서는 "사람도 동물이라서 본능은 어쩔 수 없는 법이지"라고 말하면서, 또 다른 사건이 일어났을 땐 "쟤가 사람이냐? 사람의 탈을 쓴 짐승이지! 동물도 아니고 어떻게 사람으로 태어나서 저런 짓을 할 수가 있나?" 같은 얘길 아무렇지도 않게 해댄다. 동물과 명확하게 구분되는 것이 사람인지, 아니면 사람도 별다를 것 없는 동물 종 가운데 하나인지? 나는 아무래도 상관없는 문제지만 부디 약간의 일관성만 있었으면 하는 바람이다.

  만일 인간이란 존재를 이루는 부분들을 '다른 동물과 확실하게 구분될 수 있는 면들'과 '결국 동물이어서 어쩔 수 없는 면들'로 나눌 수 있다고 한다면, 나는 전자에 '자연적으로 발생한 불평등을 서서히 극복하는 것'이 반드시 포함돼 있으리라고 생각한다. 또 누구의 말마따나 먼 훗날 멸종하는 그 순간까지 완벽하게 해소될 수 없는 불평등이라고 해도, "우린 적어도 먼 조상 때보단 나아지긴 했어"라고 말할 수 있는 것이야말로 인간을 인간답게 만드는 중요한 성질이라 믿는다.

• • •

우리 세대가 경험하고 다루는 성 담론 중에는 재력과 권력에 관한 것이 많다. 그 가운데 가장 대표적이라 할 만한 것이 '유리천장'에 관한 내용이다. 유리천장이란 충분한 능력을 갖춘 사람이 성 차별이나 인종 차별 등의 이유로 고위직을 맡지 못하는 상황을 비유적으로 이르는 경제학 용어[3]인데 청년들에겐 이 문제를 해결하기 위해 정부가 내놓는 대안들이 주된 논쟁의 소재가 되곤 한다.

그래서 정치와 경제, 교육과 고용 면에서 실시되는 이른바 '여성할당제'는 젊은 층이 주로 이용하는 남초 커뮤니티와 여초 커뮤니티 양쪽 모두에게 뜨거운 감자다. 이 둘의 입장을 대

---

3 위키백과 한국어판.

략적으로 요약하면 다음과 같다.

- 여성들의 경우

"그동안 여자로 살면서 겪은 불이익이 얼마나 큰데 고작 할당제가지고 그러냐? 너희는 '적극적 우대조치'⁴라는 것도 모르냐? 남자로 태어났다는 이유로 받아가는 혜택도 어마어마하면서 이제 좀 여자들한테 뭐 해주겠다는 게 그렇게 배가 아프냐?"

- 남성들의 경우

"차별은 니네만 겪는 게 차별인 줄 아냐? 너희가 남자로 태어나서 겪는 어려움을 경험해보긴 했냐? 여자로 태어났다는 이유로 군대도 안 가는 것들이. 인생 한창인 20대에 2년씩이나 손해 보는 것도 억울한데 군 가산점은 못 줄망정 여자들을 더 뽑겠다는 게 말이나 되냐? 이런 게 바로 역차별이 아니고 뭐냐?"

---

4 Affirmative Action. 인종이나 경제적 신분간 갈등을 해소하고 과거의 잘못을 시정하기 위해 특혜를 주는 사회정책을 말한다. 역시 위키백과 한국어판.

······나라고 이 소재에 이견의 여지가 없는 깔끔한 결론을 찾아낸 건 아니다. 이렇게 서로의 입장이 극명한 논쟁에서 섣불리 판단하고 말을 꺼내는 건 요즘 같은 세상에서 욕먹기 가장 좋은 방법이다. 다만 왜 유리천장과 관련한 말다툼이 다른 주제에 비해 유독 골치 아픈가 하는 질문에는 썩 그럴듯한 의견을 낼 수 있을 것 같다.

우리 주변에만 해도 성 담론들을 그저 성별 간의 갈등으로 해석하는 사람들이 많다. 그러나 문제들의 껍질을 하나하나 뜯어보면, 그게 꼭 그렇지만도 않다는 걸 금방 눈치 챌 수 있을 것이다. 유리천장만 하더라도 문제의 본질은 성별에만 있는 것이 아니라 계급적인 요소와 세대적인 요소를 함께 아우르고 있다. 그러니 성별 간 소재에만 갇혀 있어선 결론이 요원할 수밖에 없다. 삼차함수로 이뤄진 방정식을 일차방정식 풀듯 해서야 해답을 찾을 수 없는 것과 마찬가지다.

남성들이 정부의 여성정책에 품는 불만은 '왜 여성으로서 얻어온 혜택은 나 몰라라 하느냐'는 점에서 눈에 띄게 드러난다. 이런 부분에의 걱정과 분노는 최근 들어 더 선명해지고 있다. 90년대에 태어난 젊은 세대가 이제 막 학교를 졸업하고 사회초년생으로서의 첫발을 딛기 시작하는 시기에 접어들었음을 상기했을 땐 지극히 자연스러운 현상이다. 범세계적으

그러니까, 우리 갈라파고스 세대

로 정치적 올바름을 좇고 있는 지금으로선 20대 남성들의 호소가 통할 가능성은 0에 수렴하겠지만.

문제의식의 방향도 약간 어긋나 있다. 파이를 사이좋게 나눠먹는 건 좋은 일이지만, 어디까지나 '파이가 충분히 클 때'를 전제로 했을 때 유효한 얘기다. 자기가 먹기에도 턱없이 작은 파이라면 친구와 나눠야 한다는 말 자체도 불쾌해지는데 누군가 나서서 "콩 한 쪽이라도 나눠먹을 줄 알아야지. 꼭 이 정도는 친구한테 나눠주도록 해" 하고 쿠사리를 준다면 화가 날 수밖에 없다.

그러나 그럴 때 화를 내야할 대상은 배가 고파 나눠먹고 싶은 친구가 아니라, 혼자서도 부족한 크기의 파이를 내준 부모님이어야 말이 된다. 그 누구도 부족하게 먹거나 굶주려야 할 이유는 없다. 오히려 친구와 모의를 해서 "내일부터 파이를 두 개 구워주지 않으면 하루 종일 난리를 피울 겁니다" 엄포를 놓는 게 본질적인 사태 해결에는 더 도움이 될 것이다.

열 명 중 서너 명을 반드시 여성으로 채우는 것이 문제가 아니다. 정말 중요한 문제는 왜 열 명밖에 뽑지 않느냐는 것이고, 그래서 서너 명의 자리를 내주는 것마저 화가 나게끔 하냐는 것이다. 왜 매년 수십만 명의 청년들이 공무원시험을 준비하고, 시험 낙방에 좌절하며, 또 다시 빛나는 청춘을 독서실 책상에 스스로 가둬놓는가는 우리 세대가 아닌 이런 시스템을 만든 어른들에게 질문해야 마땅하다.

유리천장이 있으면 유리바닥도 있다는 말에 일부분 동의한다. 여성들에겐 분명 여성으로 태어나 겪어야 하는 어려움이 있지만, 그와 동시에 남성으로 태어나지 않아서 겪지 않아도 되는 어려움도 있다. 여기서 어느 쪽의 어려움이 더 크냐고 따지는 일은 갑갑하고 지루한 데다 문제 해결에 그다지 도움도 안 된다.

그저 알아두어야 할 것은 '어떻게든 깨부수는 것'이 해결인 유리천장과 다르게, 유리바닥은 모두가 딛고 설 수 있는 '콘크리트바닥'으로 만드는 게 해결책이라는 점이다. 우리가 배우기로 인간은 결코 패배하도록 태어나지 않았으며, 그 유리바닥 밑으로 처박히고 짓밟혀도 괜찮은 사람은 누구도 없기 때문에.

iMessage
3월 23일 (월) 오후 7시 29분

임준혁 인턴이 오늘 했던말...나도 이해는 하네. 그런데 자네는 이렇게는생각해보지 않았나? 경력은커녕 다른사회활동도 거의안해보고 학교만 졸업하고온 자네에게 우리회사가 나서서 일을 가르쳐주는데 식대도주고 교통비도주고 품위유지비도 준다고...

뭣보다 아무리 중소기업이라지만 2년차도 되지않아서 무작정 올려주는 회사는 없네

대표님도 진짜 너무하시네요. 월 120주고 한 달내내 일시키는 이런 거 열정페이입니다

이런 회사가 어딨습니까? 아무리 그래도그렇지 뽑아놓고 사람대접은 해줘야할 것 아닙니까

이의제기를 하는마음은 이해하지만..... 그래도 회사에는 원칙이라는게 있고...한달 120만원도 자네처럼 경력이없고 실력이 없는 젊은이한테는 적지않은 돈이라 생각하네

자네 스스로는 회사에 매달 120만원 이상의 값어치를 한다고 생각하나? 정말로 그렇게 생각하나?

됐습니다 저도 더 이상 이런곳에 처박혀서 인생낭비하고싶지도 않고

1년안돼 나가서 퇴직금은 못받겠지만 그동안 빠졌던 야간수당이랑 연차수당 같은 것들

조목조목 따져서 고용노동부에 민원넣겠습니다 수고하세요

망할놈. 은혜를 원수로 갚는것도 정도가 있지

너같은 놈한테는 120이뭐냐? 10원짜리 하나도 아깝다 호로자식아

모욕죄로도 소장 같이 넣어도 되겠죠?

네맘대로 해라. 감당할수있을지 어디 두고보자

돈도 제대로 안줬으면서 말은 잘하시네요ㅋㅋㅋ

진짜 뻔뻔하네 120가지고 한달 살아보시든가요 그럼

노오력과 열정페이,
처음부터 값매기지 않았더라면

　보상과 관련한 재미있는 일화가 있다. 20대 중반쯤에 어느 술자리에서 들었던 이야기다. 경기도 모처에 탁아소가 하나 있었다고 한다. 주변에는 아파트 단지가 몇 개 있었다. 거기에는 자식을 둔 맞벌이 가족이 더러 입주해 있었는데, 유난히 미취학 아동의 비율이 높았다. 덕분에 아파트에서 가까운 탁아소에는 업무시간 동안 아이를 맡기고자 하는 부모들의 발길이 끊이질 않았다.

　그런데 한 가지 문제가 있었다. 영리적으로 운영되는 탁아소 입장에선 고객이 많은 건 좋은 일이었지만, 아이들을 돌보는 선생님들이 퇴근할 무렵에는 그렇지만도 않았던 것이다. 집에서 거리가 있는 곳에 회사를 다녀본 사람은 알겠지만 퇴근 시간대에는 10분만 늦어도 도로나 전철의 혼잡도가 천양지차다. 그래서 가능하면 탁아소가 문을 닫는 저녁 6시 전까지는 아이들을 모두 돌려보내야 하는데, 꼭 10분, 20분씩 늦게 와서는 "어유, 기다리게 해서 죄송해요, 선생님. 마치자마자 바로 오려고 했는데 중간에 교통사고가 나는 바람에" 같은 변명 섞인 사과를 건네는 부모들이 있었던 것이다.

계속해서 늦는 부모들의 존재나 그로 인해 선생님들이 받는 스트레스를 생각하면 탁아소를 운영하는 쪽으로서는 좋을 게 없기는 매한가지였다. 그래서 묘수를 낸 것이 바로 벌금제였다. 오후 6시 이후에 오는 부모들에겐 매 10분마다 5,000원씩 벌금을 걷기로 결정한 것이다. 탁아소는 즉각 아이 부모님들에게 공지 메시지를 돌렸는데, 반발하는 부모가 있을지 모른다는 염려가 무색하게 대부분의 부모들이 흔쾌히 수긍하는 분위기였으며 벌금의 많고 적음에 관한 이의를 제기한 사람도 없었다.

그렇게 벌금제를 실시하기 시작한 지 한 달도 채 되지 않아서, 오후 6시 즈음의 탁아소 풍경에는 언뜻 보기에도 확연할 정도의 변화가 생겼다. 문 닫을 시간이 다 됐는데도 전보다 훨씬 많은 아이들이 부모를 기다리고 있었다. 차가 막힌다며 10분씩 늦던 한 어머니는 이제 30분씩 늦기 일쑤였고, 어떤 땐 8시가 다 되도록 연락이 없다가 불쑥 찾아와 벌금을 내밀고 가는 진상 부모까지 잇따라 등장했다.

퇴근 시간이 늦어지는 문제 때문에 벌금을 걷기로 했더니 오히려 더 늦게 집에 가게 되는 상황이 돼버린 것이다. 선생님들은 문제의 원인을 골똘히 생각한 끝에, 지각한 부모들의 표정이며 말투가 벌금을 걷기 전보다 냉랭해졌다는 점에 주목했다. 그 말인즉 부모들이 더 이상 탁아소나 탁아소에 근무하는 선생님들에게 미안하다고 느끼지 않는다는 의미였고, 더 나아가선 '10분에 5,000원이라는 대가를 지불함'으로써 지각으로 인해 느끼던 죄책감을 완전히 해소해버렸다는 뜻이기도 했다.

탁아소가 그 이후의 영업방침을 어떻게 수정했는지에 대해선 여러 가지 설이 있다. 벌금제도를 도로 폐지하고 원래의 운영방식으로 되돌아갔다는 얘기도 있고, 선생님들의 공식적인 퇴근 시간을 늦추고 추가수당을 지급했다는 말도 있는가 하면 퇴근 시간 이후에 아이를 맡아주는 것이 돈이 된다고 생각한 탁아소 소장에 의해서 아예 24시간 편의점처럼 돌아가기 시작했으며 곧 엄청난 수익률을 기록하면서 잘 먹고 잘 살았다는 후문도 있다.

결과야 어찌됐든 간에, 사회생활을 영위하는 계층이라면

이 이야기가 적이 흥미롭게 느껴질 것이라 생각한다. 왜냐하면 '누군가에게 동기를 부여하기 위해서는 금전적인 대가가 필요하다'는 일반상식과 완전히 반대되는 결과가 나타났기 때문이다. 경우에 따라 10분에 5,000원이 적은 돈처럼 느껴지는 사람도 있겠지만, 30~40분을 지각하면 무려 치킨 한 마리가 증발해버리는 금액인 만큼 대놓고 소액도 아니다. 한 시간이면 3만 원, 두 시간이면 6만 원인 셈인데 이런 돈이 아깝지 않다면 아이를 탁아소에 맡기지 말고 차라리 가정부를 한 명 두는 게 싸게 먹힐 것이다.

여기서 말하고자 하는 핵심은 '사람의 동기를 결정하는 데 경제적인 요소가 전부는 아니다'이기도 하지만, 한 술 더 떠서 '오히려 경제적인 요소가 개입했을 때 사라져버리는 의미도 존재한다'는 이야기이며, 또 이런 아이러니가 열정페이나 노오력처럼 우리 세대가 당면한 문제와도 전혀 무관하지 않다는 사실이다.

・・・

요새의 청년층에게 가장 불쾌하게 다가오는 말들 중에서도 '열정페이'와 '노오력'은 빼놓을 수 없는 단어다. 젊은 세대가 겪는 경제적 어려움과 깊이 연루돼 있기도 한 데다 기성세대의 꼰대질이 여지없이 발휘되는 영역이라 더 그렇다. 갖은 일을 시켜놓고 턱없이 적은 임금을 주고, 그런 주제에 주인의식을 갖고 최선을 다하라는 얘기를 우두두 듣다보면 '다 때려치고 산속에나 들어갈까?' 하는 생각을 진지하게 하게 되는 것 역시 청춘들의 특징이다.

고향 친구들과의 대화나 내 나이 또래의 취준생들이 떠드는 걸 듣다가 보면, 열정페이를 일삼으며 노오력을 강조하는 중소기업 대표님들의 이미지란 악덕사장을 넘어 사탄조차 기립박수를 치게 만드는 슈퍼 사이코패스쯤 돼 보인다. 좋아하는 일을 한다고 해서 굶어도 괜찮다는 게 아닌데. 어떤 일을 해도 사람이 먹고살 정도는 주는 게 당연한 건데. 야근수당은 고사하고 최저시급도 제대로 안 챙겨주는 근대적 사업가 마인드로 무슨 회사를 굴려 먹느냐는 것이다.

터놓고 말해 나는 스타트업 창업자 출신이기도 하고, 업계 특성상 맡은 일 잘하는 직원이 세상에 얼마나 드문지도 알기 때문에 그런 얘기에 깊이 공감하지 못했다. 막말로 중소기업은 어디까지나 중소기업이며, 거래가 끊기고 매출이 줄면 언제라도 회사가 망할 수 있는 소규모 조직에 불과하다. 더구나 중소기업 사장님이라고 해도 늘 잘 먹고 잘 사는 사람만 있는 것은 아니다. 대다수는 현상 유지에 바쁜 실정이며, 툭하면 이런저런 문제가 터져 나오는 대한민국 특성상 당장 내일이라도 개판이 날지 모른다는 걱정에 통 잠 못 이루는 사람도 많다.

그런 상황에 괜찮은 인재라도 뽑아볼라치면 스펙 좋은 친구들은 죄다 대기업 공기업으로 빠져버린 지 오래다. 울며 겨자 먹기로 일도 제대로 못하는 놈을 뽑아서 먹이고 재우며 겨우겨우 사람구실하게 만들어놨더니 급여 안 올려주면 나가겠다고 건방을 떨질 않나 시켜놓은 일들도 하는 둥 마는 둥하다 1년 계약 채우기가 무섭게 퇴직금까지 챙겨 퇴사해버리는 케이스가 수두룩빽빽이니 스트레스성 탈모가 안 생기려야 안생길 수가 없다. 그래놓고 백수생활하다 퇴직금 다 떨어졌다고 뭐 하나 건덕지 잡아다가 근로노동청에 민원 꽂고 바쁜 사람 몇 번씩이나 출석시키고선 월급도 제대로 안 주는 사장이니 열정페이를 당했느니 세상 피해자 행세는 다 하고 자빠졌는데 청년층에 대해 좋은 인식이 생기긴 무슨 밤늦게 돌아간 집에서 게임이나 갈기고 있는 아들도 한심해 죽을 것 같은 기분이겠지…… 이런 생각이 드는 걸 보면 나도 젊은 꼰대가 다 돼버린 걸까? 흑흑.

어떤 대표님이 내게 스타트업이 무너지기 가장 좋을 때가 바로 '임원들에게 첫 월급을 주기 시작하는 시기'라고 말씀하신 기억이 난다. 20대, 많게는 30대로 이뤄진 팀이 태반인 스타트업에서 풀타임으로 근무하기란 매우 어렵다. 작게나마 회사가 조금씩 매출규모를 늘려가고 있는 상황이라면 좀 낫기야 하겠지만, 아무리 임원들이라 한들 밥 대신 지분을 먹고 살 수는 없기 때문에[5] 파트타임 근무를 벗어나기 위해선 최소한 먹고 살 수 있을 만큼의 임금은 주어져야 한다. 그런데도 막상 월급을 주면 전보다 해이해진다는 것이다. 원래 한 푼도 안 주다가 100만 원이라도 챙겨주면 더 열심히 일할 거라고 생각하지만, 그 전까지는 자신이 하던 일의 가치를 '나는 연봉 1억 원어치 쯤은 하고 있을 거야' 하며 임의로 생각했던 반면 월급을 받는 순간부터는 스스로의 가치가 대졸자 초봉만큼도 되지 않는다는 기분이 들게 되므로 부쩍 게을러진다. 그러다 대표와 임원과의 분쟁이 일어나게 되면 회사가 막장 상태가 되는 것도 한 순간이라는 말씀이셨다. 나는 그 대표님의 말씀을 마음 깊이 새겨두었다. 너무 깊이 새겨둔 탓에 꼭 그렇게

---

5 초기 스타트업의 지분은 현금화하기도 무척 까다롭다.

회사를 말아먹은 다음에야 뒤늦게 떠올랐지만.

　젊은 세대가 물질적 보상보다 정신적 보상을 더 중요시 여긴다는 건, 젊은 세대 스스로도 잘 인지하지 못하는 사실이다. 말로는 뭐든 돈만 주면 못할 게 없다고들 하지만 돈을 주더라도 하기 싫어하는 일도 있고, 1원 반 푼어치도 안 되는 일에 오래도록 몰두하기도 한다. 만약 청년들이 정말로 돈을 가장 중요한 척도로 여겼다면, 기본 수천만 원의 초봉을 주는 회사에 거우거우 입사해놓고 채 일 년도 안 돼 절반 이상이 퇴사를 결정하는 건 과연 뭣 때문일까?

　이 지리멸렬한 꼭지의 결론을 '적게 줄 바에야 차라리 주지 마세요'나 '일도 못 하는 주제에 열정페이 운운하지 마라' 쯤으로 받아들이는 독자가 있다면 무진장 섭섭한 일이 아닐 수 없다. 난 그저 "돈보다 계속 살아갈 의미를 주세요. 그게 아니면 살아갈 의미가 될 만큼 많은 돈을 주시든가요" 하고 말하는 우리 시대의 청춘이 너무 서글퍼 보이지 않느냐고 묻고 있는 것이다. 어디에도 진정 소중히 여기는 것 하나 없이 '물질' 또는 '의미'의 양자택일을 강요당하는 젊은이들이…… 진실로 한심한 세대가 맞느냐고 묻는 것이다.

　　　　　그러니까, 우리 갈라파고스 세대

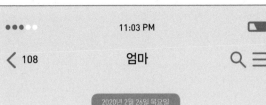

11:03 PM

< 108　　　　　　**엄마**　　　　　Q ☰

2020년 2월 26일 목요일

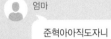

엄마

준혁아아직도자니

회사 안가더라도 일찍 일어나버릇해야지

금방새로 일구해야할것 아니니?

네가 힘든건 알고있지만 나이가차면 자기일을
찾아서할줄 알아야해

오전 8:03

엄마

준혁아일어났지?

아침밥은 잘챙겨먹었는지 모르겠구나 점심
잘챙겨먹길바란다

반찬보내준거 떨어졌으면 언제든지말하고.....

오후 12:45

엄마

준혁아왜 읽고서 답장이없니

엄마가 뭘잘못했니?

오후 4:10

엄마

엄마가 미안하구나 우리준혁이 속도모르고

너도 나름대로 노력하고 있는중일텐데

그것도 모르고 함부로 말을했으니

준혁이가화를 내는것도 당연하구나 미안하다   오후 6:20

 엄마

일하는 게 너무 힘들면 쉬어도 괜찮아 그동안
많이 노력했잖니

그저 결과가 좋지않다고 해서 너에게 아무
렇게나 말을 했나보다 엄마가

지켜보는 나도 이렇게 답답한데 당사자인
너는 얼마나 힘들었겠니...   오후 6:40

 엄마

준혁아저녁밥챙겨먹으렴

엄마는 항상널 믿는다   오후 9:08

엄마

오후 11:31   죄송해요...

모쪼록 실망만
시켜드려 죄송합니다

　아끼는 누군가에게 의도적으로 실망만 안겨주고픈 사람은 없다. 그 누군가가 날 낳아주고, 먹여주고, 재워주고 키워준 부모님이라면 더더욱 그렇다. 마음처럼 되지 않는 게 삶이고 틈만 나면 내팽개치고 싶은 게 인생이라지만, 처음이었던 모든 것들이 두 번 다시 되돌아오지 않는 시간이라는 걸 그 땐 몰랐다.

　슬플 때 슬프다 말하지 않는 것, 죽도록 힘들어도 버틸 만하다고 말하는 것, 아무리 겁이 나도 언젠가 해야 하는 것, 괜찮지 않아도 늘 괜찮다고 대답하는 것까지. 좋든 싫든 간에 부모님 세대와 우리는 정말 많이 닮았다. 어쩌면 그래서 서로를 더 미워하게 됐을지도 모르겠다.

우리는 부모님을 실망시키고 싶지 않았다. 누구 앞에 내놓아도 부끄럽지 않은 당신의 자녀가 되고 싶었다. 최소한 이전 세대가 이뤄냈던 것만큼, 가능하다면 그보다 더 눈부신 미래를 밝히는 데 앞장설 수 있을 줄 알았다. 땀과 숯검정 얼굴에 묻혀가며 일했던 시절보다는 더 나아갈 수 있으리라고 한없이 펜과 머리를 굴렸다.

정말 안타깝게도 우리가 쏟았던 노력은 우리들 자신의 행복에도 부모님의 행복에도 크게 기여하지 못했다. 내가 학창 시절 배운 것들 중에서 지금껏 밥 벌어먹는 데 써먹고 있는 것이라고는 맞춤법과 띄어쓰기, 두음법칙과 구개음화 정도다. 실은 그것도 학교 졸업 이후에는 몽땅 잊어버렸는데, 몇 년도 안 돼 잊어버릴 거 잔뜩 배우라고 뒷바라지 받은 건 아니라 차마 말은 못했다. 결국 지식은 있지만 지혜는 없고, 재화와 정보는 있어도 낭만과 교양은 부족한 세대로 전락해버렸다. 뭐든지 애매하게 배운 탓에 넝마같이 닳은 자존심만 덩그러니 남았다.

한때 우리 세대를 상징하던 단어는 희망이었는데, 언젠가부터 패배와 타협으로 바뀌어버렸다. 눈에 넣어도 안 아픈 내 새끼에서 언젠가 크게 될 아이로, 뭐든 빠르고 명석했던 영재 또는 수재에서 남들보다 좀 늦지만 제 갈 길은 잘 찾아가리라

그러니까, 우리 갈라파고스 세대

는 믿음으로, 그래도 마냥 잘 자라 기특한 자식에서 그저 한심하지는 않은 자식으로, 한심하긴 해도 심성만은 착한 아이에서 이젠 그마저도 못한 종자가 됐다. 그래서 더 실망스럽다. 알고 보면 그리 착하지도 않다는 것이나, 되레 부모님 세대를 탓하지 않으면 살 수 없을 만큼 못돼 처먹었다는 걸 우리들 스스로도 잘 알고 있기 때문이다.

위기 때 태어나 위험으로 자라난 세대가 영 탐탁지 않으리라는 것도 십분 이해한다. 시대를 탓할 순 없어 부모를 원망하는 우리와 별반 차이도 없을 것 같다. 서로 고생시키는 게 미안하고 안쓰러워서, 말은 아끼고 행동을 해보려던 게 그만 망망대해로까지 나와버렸다. 서로에게 섬이 되고 나서야 우리 사이에 놓인 바다가 너무도 넓다는 사실을 깨달았다. 그저 우리는 당신들의 자식이 되는 방법을 몰랐던 것이다. 오래전 아무런 준비 않던 당신이 우리의 부모가 돼버렸듯이.

· · ·

오래된 가족과의 대화는 오늘 처음 만난 사람과 말하는 것보다 수백 배쯤 어렵다. 말하지 않아도 알 것이라는 지레짐작들은 시간이 지나 불신의 협곡이 된다. 어른들의 침묵은 두려움의 대상이다. 우악스럽게 웃어보여도 무섭기로는 한층 더하다. 지금 보니 우리가 마주할 수 없었던 건 부끄러운 자화상이 아니었나 싶다.

사람 간의 갈등에 쉬운 것이 어디 있겠느냐만, 십 년 이상을 접바둑처럼 두고 하는 세대갈등에는 도대체가 떠오르는 묘수가 없다. 같은 시대에 살지만 각자 다르게 힘들고 외롭다는 얘기를 중언부언 써대다가 보니 책 한 권이 돼 있었다. 끝장을 넘길 쯤이면 판도 같이 접어서, 누구 한쪽이 더 슬픈 세대인지보다 오늘의 세계가 어떻게 슬픈 시대인지를 이야기하면 좋겠다. 섬이라고 항상 외로우라는 법은 없다. 당신과 나 사이에도 섬이 있다. 나는 당신의 섬에 가고 싶다.

그러니까, 우리 갈라파고스 세대

연극이 끝난 후

비록 대학가요제를 보고 자란 입장은 아니지만 〈연극이 끝난 후〉는 가장 즐겨 듣는 트랙 리스트 가운데 하나다. 사십 년 전에 나온 노래인데도 곡의 진행방식이나 시적인 가사들까지 세련된 느낌이 물씬하다. 어릴 적 브라운관 TV에서 우연히 보고 들었던 것이, 이제는 얼마나 자주 들었는지 피아노 전주만 들어도 '무언가 막을 내리는 듯한' 기분에 젖어들고 만다.

각 파트의 제목을 사랑하는 노래들의 오마주로 채우는 건 언젠가 꼭 한 번 해보고 싶었던 짓거리였다. 하필이면 그 희생양이 된 출판사에게 심심한 위로의 말을 전한다. 그래도 글은 열심히 썼으니까 괜찮지 않을까. 아마도…….

언젠가 글 쓰는 사람이 사족이 많으면 멋이 안 난다는 얘기를 들었다. 실컷 써대고도 여전히 뭘 덧붙이지 못해 안달인 내 모습을 보면, 앞으로도 대단히 멋있는 일이 되진 않을 것 같다. 이 문장을 내가 살려면 당신의 글이 필요하다던 어느 독자를 위해 쓴다. 다른 독자들한테는 딱히 할 말이 없으니 궁금하면 다음 책을 사보길 바란다. 이 책이 완성되기까지 전폭적인 신뢰를 보내주신 에디터님 그리고 출판사 관계자 내외에 깊이 감사드린다.

이묵돌

연극이 끝나고 난 뒤 혼자서 무대에 남아
아무도 없는 객석을 본 적이 있나요

힘찬 박수도 뜨겁던 관객의 찬사도 이젠 다 사라져
객석에는 정적만이 남아 있죠 침묵만이 흐르고 있죠

관객은 열띤 연길 보고 때론 울고 웃으며
자신이 주인공이 된 듯 착각도 하지만
끝나면 모두들 떠나 버리고 객석에는
정적만이 남아 있죠 고독만이 흐르고 있죠
정적만이 남아 있죠 고독만이 흐르고 있죠

- 샤프, 〈연극이 끝난 후〉(1980)

갈라파고스 세대

초판 1쇄 2020년 4월 15일
초판 2쇄 2020년 4월 30일

지은이 이묵돌
펴낸이 서정희   **펴낸곳** 매경출판(주)
책임편집 여인영
마케팅 신영병 김형진 이진희 김보은
디자인 김보현 이은설
표지 그림 성립(@seonglib)
내지 일러스트 오고운(ohko2305@gmail.com)

매경출판(주)
등록 2003년 4월 24일(No. 2-3759)
주소 (04557) 서울시 중구 충무로 2(필동1가) 매일경제 별관 2층 매경출판(주)
홈페이지 www.mkbook.co.kr
전화 02)2000-2634(기획편집) 02)2000-2636(마케팅) 02)2000-2606(구입 문의)
팩스 02)2000-2609 **이메일** publish@mk.co.kr
인쇄·제본 (주)M-print 031)8071-0961
ISBN 979-11-6484-105-9(03810)